有爱的青春陪伴者

情深不长

好梦难留

图书在版编目(CIP)数据

一世枕上霜 / 我见青山著. — 广州：广东旅游出版社，2020.8
ISBN 978-7-5570-2140-5

Ⅰ. ①一… Ⅱ. ①我… Ⅲ. ①长篇小说－中国－当代 Ⅳ. ①I247.5

中国版本图书馆CIP数据核字(2020)第028364号

一世枕上霜
Yi Shi Zhen Shang Shuang

我见青山 / 著

◎出版人：刘志松　　◎总策划：苏瑶　　◎责任编辑：何方
◎策划：魏归期　　◎设计：蔡璨　　◎封面绘制：一只画画的枇杷

出版发行：广东旅游出版社
地　址：广东省广州市环市东路338号银政大厦西楼12楼
邮　编：510060
电　话：020-87347732
印　刷：长沙鸿发印务实业有限公司
地　址：长沙黄花工业园三号
邮　编：410137
开　本：889毫米×1194毫米　1/32
印　张：8.5
字　数：184千字
版　次：2020年8月第1版
印　次：2020年8月第1次
定　价：36.80元

版权所有·侵权必究

如本图书印装质量出现问题，请与印刷公司联系调换。联系电话：020-87808715-321

目录
contents

-001-
楔子·旧事忆

-007-
第一卷·天家客

-031-
第二卷·难定心

-059-
第三卷·俗世戏

-087-
第四卷·红尘乱

-115-
第五卷·锁离愁

目录
contents

-139-
第六卷·上西楼

-167-
第七卷·若梦醒

-197-
第八卷·误终生

-219-
第九卷·定风波

-239-
番外·尘埃落

　　桦音与纤月的婚期迫在眉睫，天界终于多了几分热闹的滋味。我每天能都看到花枝招展的仙娥布置飞霄宫，红色的喜绸与丝带铺天盖地，恨不得将飞霄宫里里外外缠上一圈。这股嚣张跋扈的阵势，倒也很符合纤月那般张扬的脾气。

　　其间桦音来看了我几次，他用几乎哀求的语气道："倘若你说想嫁给我，我这就推了与纤月的婚约。"

　　"素绾身份卑贱，不敢高攀。"我直视他的眼睛，但见一双眸子含情如水，那样熟悉的眼神，恰如当日深藏温柔刀，借我的手，一刀一刀割去沧弈的性命。

　　"你以前总喊着嫁我的，我知道，你是因为沧弈怨恨我。"桦音接着道，"只要你给我这个机会，我会比沧弈好千倍万倍。"

　　我背过身不再看他，怒极反笑："所以桦音仙君是想要将功补过？"

　　"我……"

　　桦音一时语塞，半晌没说出话来。

　　"那好，"我转过身，嘴角牵强的扯出一丝笑来，故作平静，"我那日听了菩提老祖讲法，他说逝者不可追，来者犹可待，我想，我的确应当珍惜眼前人。"

　　桦音眼中便露出藏不住的喜色，起身连声道："好，好，我这便通传三界，你我择日完婚。"

"素绾，从此以后，我绝不再欺你瞒你。"他说完便走，背影一如往日颀长挺拔，白衣上的环佩宫铃叮当作响。

我紧紧攥着袖中的龙鳞，鳞片锋利无比，只轻轻一割，黏腻的血液便沾了满手。

沧弈，我会给你报仇。

纤月比我想象中来得更快，她仍是着一身黄衣，气势汹汹地冲进飞霄宫，不由分说掴了我一巴掌："贱人！"

我也不是什么好欺负的善茬，便顺势抓住她的手腕，腾出另一只手，狠狠甩回去三个巴掌。

"你敢打我？你一个低贱的仙娥，也敢与我争长论短！"纤月怒目圆睁，大声喝道，"素绾，别以为你成了仙妃就高我一等，我……我自有王母撑腰！"

我冷笑，随即故意揭她伤疤："那你就求王母下令，让桦音娶了你便是。"

纤月嚣张气焰没了大半，她眼珠一转，呵气："好，好啊，素绾，你以为你是什么，你以为桦音真的想娶你，他不过是……"

"何人在我飞霄宫喧哗！"

说话的是桦音，在我和纤月之间，他总是来得这么恰到好处。

纤月便噤了声，怯怯地看了他一眼，把剩下的话硬生生咽回肚子里。最后，她不甘心地说："素绾，你得意得别太早，咱们山水有相逢。"

"奴婢恭候仙子教导。"我故意行礼气她。

桦音长舒一口气，上前揉了揉我的头发，哄孩子一样安慰道："你知道纤月是不饶人的臭脾气，自不必与她争口舌长短。"

我压下恶心,微笑着点了点头。

"我是来给你送喜服的,天帝已经下旨,你我明日完婚。"说罢,桦音拍了拍手,便有六七位仙娥端着喜服和花冠鱼贯而入,依次放在我面前的桌上。

桦音拿起凤钗插在我发间,笑道:"果然,比我想象的还漂亮。"

"这东西留着大婚时戴也不迟。"我把凤钗摘下来放回案中。

桦音点头称是,我趁机推说身体疲惫,这才打发他快些离开。

这些日子都住在桦音身边,我已经很久没有去沧弈的枢云宫了,如此想着,我趁夜色离开飞霄宫,躲过驻守在外的仙童,这才做贼一般跑到枢云宫里。

我想沧弈见到我,一定要骂我,我甚至想,不如他狠狠打我一顿,或者直接杀了我解恨才好。可是不会了,枢云宫空空如也,月光吝啬地照在亭前一角,就连殿前的台阶也积了厚厚一层灰尘。

思君如满月,夜夜减清辉。

我刚要推开殿门,便被采星叫住,她的语气又冷又冰,直截了当地说:"仙妃来这里做什么,枢云宫不欢迎你。"

"我想来看……"

话音未落,采星嗤了一声:"看什么?看主上?主上已经死了,你这个杀人凶手还有脸来猫哭耗子?"

"我会为我犯的错负责。"我推开殿门,回过头一字一顿道,"所以请采星姑娘嘴下留人,还有,我不是桦音的仙妃。"

若我没记错,枢云宫还有最后一副七绝散。

沧弈,我会杀了他,你等我,我很快就来陪你。

桦音贵为天帝之子，这场婚事自然气派非常。织女奉天帝之命，带着红鸾司的仙娥在银河连夜织锦八千里，整个天界都布满散发着金光的赤霞。

我身着喜服，任凭红鸾司仙娥引我上前，桦音正站在凌霄宝殿中央，他忽地转过身看我，不知为什么，我恍然有一瞬的失神，好像等在那儿的人，根本不是桦音。

可是五官，模样，又的的确确是桦音无疑。唯独那眼神，和往日有一点不同。

"沧弈……"我轻轻唤了一声，旋即心中哑然失笑：自己果然疯了，竟然把桦音错认成沧弈。

天帝与王母高坐殿上，天界诸仙为我们见证。我抢在桦音前面斟酒，趁机将指甲中的七绝散混进酒杯中。

红鸾司的仙娥已经高声道："请仙君仙妃共饮合卺酒。"

我与桦音交杯互饮，我暧昧地躲在他怀里喝尽一杯酒，忽地听他在我耳边低声唤了一句："阿绾。"

我脑袋"嗡"的一声。

长发绾君心，阿绾，这是沧弈给我起的名字，只有沧弈会如此叫我的名字！

"错了，错了！"

我从那个怀抱中退出，这才看得清楚：面前的哪里是桦音，那张脸，那双琥珀色的眸子，分明是沧弈。

"沧弈，不对，你应该是桦音才对，不对，七绝散，七绝散……"

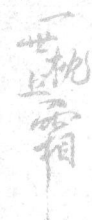

我抓着沧弈的手,状若疯癫,眼泪止不住地往外涌,很快便模糊了视线,"你吐出来,你快吐出来,那酒里有毒,你快吐出来!"

沧弈只是抱着我,他伏在我肩上,忽地喷出一口血来。

"阿绾,你别哭。"他缓缓地道,"你要好好活,休要桦音难为你。"

桦音,桦音在哪儿?

我环视一周,诸仙都在笑,天帝王母亦在笑。

我忽然想起纤月那句没说完的话,她说桦音并非真的要娶我,她说山水有相逢……

是了,原来是骗我,每个人都骗我,桦音知道我要杀他,所以今天站在这里的是沧弈,他骗我杀沧弈一回,如今又杀第二回。

"你不许走,我求求你,沧弈我求求你。"我又慌又怕,"你为什么一开始不告诉我,你早知道酒被我动了手脚,为什么连你也骗我……"

"他若是不死,今天死的就是你们!"纤月耀武扬威道,"多亏桦音神机妙算,让你亲自下手,连毒药都省了,真是一笔好买卖。"

真是好买卖,是啊,世上怎么有我这样的人啊,被骗一次不够,还要两次、三次……

"沧弈,你怕不怕疼?"我拭去眼泪,半跪在地上,小声问他。

沧弈看着我笑,神色一如往日那般闲云流水,低声道:"原是怕得要死,有阿绾陪着,便什么都不怕了。"

我抱着他,右手掐诀变出一柄长剑,从沧弈后背而入,狠狠自我胸口贯穿。

"从此以后,你都不会抛下我了。"

我是一尾锦鲤。

我常年住在飞霄宫外一个水池子里，那水池子有个好听的名，唤作"离香池"，池子边长着四季不败的高大杜鹃花，千百年来，我一向靠吃杜鹃花瓣为生。

这话听着委屈，实则不然。杜鹃花香甜可口，吃多了便要醉，我总是醉醺醺、懒洋洋地露着白肚子漂在水面上，于是仙娥便十分惊慌地禀告桦音仙君："主上，大事不妙，离香池的锦鲤似乎死了。"

每每这时，桦音便要伸出手指戳我的白肚子，等我被弄得舒舒服服，方才不情不愿地翻过来给他游两圈。桦音就揶揄仙娥说："哪里死了，我看这鱼随心所欲，过得比我这个仙君都舒服。"

我心道也是，做鱼的日子，虽然寂寞是寂寞了点，但是每天听听仙娥在池边嚼舌根也算乐事，什么嫦娥和后羿吴刚三角恋啊，什么纤月仙子来飞霄宫勇敢追爱啊，什么红鸾司错把寿王妃杨玉环和唐玄宗的红绳绑在一起啊，什么刚刚飞升的沧弈仙君代替桦音仙君登顶三界第一美男啊，凡此种种，实在比修仙有趣多了。

正因如此，我在离香池住了一千七百多年，连个人形都没修出来。

偶尔桦音仙君在池边练字，心情大好时会赏给我两滴墨吃，啊呜一口就是几百年的修为，当然，更多的时候仙君没这么有兴致，他只是坐在离香池边用手指戳我肚皮。

我一向活得自由自在，直到那个传说中的沧弈仙君来到飞霄宫下棋饮酒。不怪我讨厌他，别的仙家见到我，肯定要夸桦音仙君好雅兴，夸我长得圆润可爱，谁知这沧弈仙君张口第一句就是："这么肥的鲤鱼，不如让拎出来红烧了吧。"

我沉默。

桦音仙君沉默。

我看桦音仙君额角青筋抽了抽，随即转移话题道："沧弈仙君怎么有时间来我这儿做客？"

"我从人间飞升成仙不过百余年，实在是挨不住天界的枯燥乏味。"沧弈仙君客套道，"所以来你这儿找找乐子，下盘棋也是好的。"

呵，飞升不过百余年而已，想我小鲤鱼也在天界混了一千七百年了。我在心里暗道，小小一个仙君而已，能有什么大能耐。

我突然感觉一阵寒光飞来，连忙抬头，原来是沧弈仙君恶狠狠地瞪了我一眼。

莫不是沧弈仙君能听懂我说话？怕了怕了，我匆忙吞了一肚子杜鹃花瓣，连演戏带忽悠地浮起白肚皮装死。

"这鲤鱼怎么死了？"沧弈仙君好奇地问，几欲伸出毒手把我拎出水池。

桦音仙君大笑，伸手戳我的肚皮道："哪里是死了，她是听懂你说话，在这里装死呢。"

"这鱼还挺聪明，"沧弈仙君又道，"小东西可有名字？"

"未曾起名,不如沧弈仙君赐她一个?"桦音仙君又说。

沧弈仙君思考片刻,道:"看她周身雪白,唯头顶一块朱红,白则素,红则绾,就叫素绾吧。"

"素绾,的确是好名字,不知道你喜不喜欢?"桦音仙君戳戳我,"若是喜欢,便游两圈给沧弈仙君看看。"

我这般乖巧机智,赶紧在水里打了两个滚,示意我十分喜欢。

之后他们俩说些什么三界动乱云云,又是下棋又是饮酒的,而我吃了许多杜鹃花,终是挨不住困意睡了一觉。

再醒来已经天光大亮,离香池的水被晒得暖暖的,我在水下思量着吃哪朵花好,抬头便看到一片青色亮晶晶的东西。

我用头顶了顶,看这东西的质感,应该是某种动物的鳞片。

这青色的鳞片,是什么东西上的呢?龙?不对不对,据我所知,天界只有沧弈仙君是银龙化就,他的鳞片应该是银色的。莫非是桦音仙君?对,他真身原是一条巴蛇,这么一想就对了,巴蛇的鳞片正是青黑色的嘛!

许是昨天桦音仙君喝多了,脑子一热,施舍给我一片鳞?

这么一想,我开开心心地张大嘴,啊呜一口把鳞片吞下,鳞片入腹,只觉得肚子里热乎乎的,全身也热乎乎的,简直热得要把离香池烤干。

我从此功力大涨,别看这才小小一片鳞,竟然生生给我涨了万年修为。自那时起,我就暗暗在心底下定决心:桦音仙君这般大恩大德,等我素绾修成正果,一定好好报答这位大恩公。

可是等我修成正果,桦音仙君早就下凡历劫去了。

这可如何是好，我刚刚入世，哪知道人间的路怎么走？想来想去，也只想到沧弈仙君而已。

"这就是你来找本座的原因？"沧弈仙君上下打量我一番，似乎很怀疑我这些话的真实性。

我点头如捣蒜："求沧弈仙君帮忙。"

枢云宫主殿空荡荡的，沧弈仙君坐在高位睥睨着我，饶有趣味道："绕来绕去说这么多，你到底想让本座帮什么忙？"

"我想去人间帮恩公渡劫，可是人间太大了，我记得仙君您是从人间来的，所以想请您为我带路。"我一五一十道。

"不过是一片鳞，便换你一口一个香甜的恩公。"沧弈仙君伸出手，"给我看看是什么稀罕玩意儿。"

我心想，这沧弈仙君大家大业的，自然不可能哄骗我一个小仙娥，就炼出内丹交给他看，彼时我修为低浅，须得靠着这片鳞化丹。那鳞片正包在内丹中央，看看是无妨，若想把鳞片拿出来，须得捏碎了丹体才能取出来。

万万没想到，我真是高估了这位仙君的道德品质。

沧弈仙君收了我的内丹，狡黠一笑："离我渡劫的日子也不远了，你先留在枢云宫给我干几天杂活，待到渡劫时我一并带上你，如何？"

"那我的内丹……"我咕嘟咽了一口唾沫，"仙君你知道，没有内丹我就仙基不稳，不稳了就没法术，没法术就受欺负……"

沧弈仙君仔细把玩半天，随手收进自己魂魄中，打断我的话："待到渡劫时还你也不迟。放心，跟着我的这些日子，就算没有内丹也无人

敢欺负你。"

他又道:"自古鱼龙一家亲,你不必一口一个仙君叫我,直呼本座沧弈即可。"

我呆呆地答应下来,半点怨言都没敢有,生怕人家一个不顺心,找个由头把我的内丹碾碎了。那我可不小命休矣!

自从我来了枢云宫,头一个不乐意的就是采星,她初次见我就甩脸向沧弈抱怨道:"采星竟不知主上对我这般不满意,我还没死呢,便想着找个仙娥取而代之了。"

"你跟了本座几百年,本座几时对你不满?"沧弈低头看书,头也不抬道,"至于素绾,让她跟你随便干点杂活即可。你有什么不愿做的,也一并交给她就是。"

我思来想去,自问没什么地方得罪采星,可她偏偏横看竖看瞧我不顺眼,譬如我刚刚在殿上给沧弈研磨,转身的工夫听她愤愤道:"哼,不就是长了一张狐媚子脸嘛,竟把主上弄得神魂颠倒的。"

狐媚子,她说的是狐狸吧?我心下疑惑,当即回她一句:"采星姑娘,我是锦鲤,怎么能长出狐狸脸呢?"

闻言,沧弈挑眉看我,眼神倒是十分考究,半晌才啧啧两声,又低下头道:"狐媚便是夸你长得漂亮。"

"哦……"想来我初次入世,什么都要认真学才对,便十分谦虚地道谢,"谢谢采星姑娘,你虽然长得一般,可是皮肤好呀。只要保养得当,想必也能养出狐媚子脸。"

我明明是夸采星，却见她绿着一张脸，愤愤丢下手头的书卷就走。

"我夸她来着，怎么好像还生气了。"我索性坐在案前，双手撑着下巴看沧弈写字，那纸上一写一堆墨点点，我以前尤其喜欢桦音写字，好歹一滴墨也是几百年的修为。

沧弈仍是头也不抬："许是她不喜欢'狐媚子'这个词。"

"那就奇怪了，她不喜欢这个词还要放在我身上用。"我倒吸一口气，恍然大悟，"莫非采星姑娘也不喜欢我？"

沧弈一副"你终于开窍了"的表情。

我坐在这儿也闲得慌，索性伸出手指着沧弈刚写的那一句，十分虚心地请教道："沧弈，你写的这是什么啊？"

"长发绾君心，幸勿相忘矣。"他道。

我"哦哦"两声，似是十分受教，又问："那这是什么意思啊？"

沧弈眼睛盯着那两行字，跟我解释："意思就是说，女子用长发缠住意中人的心，只求相爱不相忘。"

"我就看那个'绾'字眼熟，"我笑嘻嘻地凑上去讨好他，心想难保他一开心就把内丹还我了，"我名字里也有一个'绾'，这里也有一个'绾'，看来沧弈你十分喜欢我。"

沧弈沉吟片刻，道："喜欢倒没有，当日起名不过一时兴起，没想到你真成了一个女子。"

我被他弄得好生尴尬，便清了清嗓子，给自己争脸道："你若不是喜欢我，怎么对着我写这么暧昧的诗句？"

"什么？我？"沧弈被我这番自作多情的言论逗得哈哈大笑，解释道,"红鸾司的仙娥忙不过来,方才求我这个闲人帮忙写两帖婚书。也罢,我写都写完了,就由你送去红鸾司吧。"

红鸾司我听说过,是负责凡间姻缘的地方,里面的仙娥大多心灵手巧,个个都漂亮。

"沧弈,等我送完婚书回来,能不能求你帮个忙?"我问。

沧弈"哦"了一声:"什么忙?"

"你教我写字吧,我好歹是个神仙,大字不识一个实在丢人。"我挠挠脑袋,见他半天没吱声,又给自己圆场,"你要是不愿意就算了,反正我已经够麻烦你的了……"

沧弈搁下笔:"谁说我不答应了?"

"真的?"我欢欢喜喜捧起一桌子婚书,"那就这么说定了,等我回来就教!"

得了沧弈的承诺,我一路蹦蹦跶跶跑出枢云宫,许是我第一次在天街出现过于扎眼,一路上不少仙娥仙侍躲在云头后悄悄议论我。我懒得细细追究,只听得什么"倾国""绝色""狐媚"云云,记得沧弈说狐媚便是夸我漂亮,想来别的也不是什么坏话,便乐呵呵地跑到红鸾司送婚书。

红鸾司的仙娥见了我,一个个似乎震惊得很,连问我好几遍是打哪儿来的。我说我是飞霄宫的锦鲤仙子,现下在枢云宫当差。打头的那个姑娘前前后后围着我转了两团,咂舌道:"不得了不得了,出了你这么一位锦鲤仙子,我们红鸾司的三界美人谱怕是要重写了。"

"不至于吧,"我赶紧挥挥手,"沧弈只说过我狐媚,没说我特别好看。"

那个姑娘一副天雷劈过的表情,似是什么天大的消息,抓过我的手热泪盈眶道:"沧弈仙君竟然夸你狐媚!我的祖宗乖乖,不仅是三界美人谱,看来三界单身美男谱也要重写了!"

"沧弈仙君说没说何时定亲?这几百年来,我们红鸾司收了他不少婚书的便宜,自然得好好给他准备。"姑娘诚恳道,"告诉他放心,喜服啊、婚书啊,这些都包在我浮玉身上。"

"什么定亲啊,浮玉姑娘你误会了,"我口舌愚笨,半天解释不清楚,"反正就是没有的事儿,你千万别瞎说,我得回去了。"

我前脚刚迈出红鸾司大门,迎面过来一个着黄衫的仙娥,我往左躲,她往左走,我往右躲,她往右走,我忍无可忍,在她面前站定:"我说这位仙女姐姐,你是眼睛不好使还是腿脚不舒服,天街这么宽,非要走我走的地方对吧?"

"呵,新来的小仙真是越发没规矩,见到我竟然不行礼?"黄衫仙娥杏眼一瞪,十分嚣张。

我眉头一皱,直截了当地回应她:"你有病吧?"

浮玉不知何时跟出来,在后面扯了扯我的衣服,点头哈腰道:"小仙给纤月仙子请安。"

"纤月?"我回头看浮玉,"她叫纤月啊?"

那些仙娥天天念叨纤月仙子来飞霄宫勇敢追爱,原来就是这么个玩意儿?怪不得桦音仙君平日看都不看她一眼!

浮玉疯狂使眼色,我只当没看到。想我在枢云宫都直呼沧弈大名,

我就不信这小丫头片子还能比沧弈辈分大?

"就你这态度,也好意思让别人给你请安?"我"喊"了一声,"我在飞霄宫住了一千七百年,就是桦音仙君也没像你这么横。"

纤月眼珠一转:"你是飞霄宫的?我怎么没见过你?"

"你没见过的人多了,"知道她对桦音仙君有意思,我故意气她,"金屋藏娇懂不懂?"

上下打量纤月一番,我又极其自负地接了一句:"罢了罢了,你长成这副模样,怕是这辈子也只有勇敢追爱的份儿了。"

倘若那时我知道我的脸如此有杀伤力,就是借我一百个胆子,我也不敢和这位姑奶奶较这个真儿。所谓初生牛犊不怕虎,当日我大挫纤月的气势,旋即大摇大摆地回了枢云宫。

但是也不知怎的就这么巧,这一幕偏偏让采星撞了个正着,她早一步回到枢云宫,把我顶撞纤月的事添油加醋地说了一番。以至于我刚蹦跶回沧弈身边,便见他冷着一张脸,淡淡扔出两个字:"跪下。"

我丈二和尚摸不着头脑,乖乖跪在地上一脸茫然:"仙君,我……"

"我让你去送婚书,让你在外人面前多嘴了吗?"沧弈问。

我摸摸脖子,"嘶"了一声:"外人,谁是外人?"

"除我以外都是外人!"沧弈气结道。

"哦……"我满脸了然,"除了你是我内人,她们都是外人,对吧?"

沧弈直接石化。

"哎哟,我知道啦。"我摆摆手,毫不在意,"你不就是因为纤月的事吗，我下次不会啦！"

"下次？你还想有下次？你可知那纤月仙子是什么人？"沧弈一甩袖子，背过身道，"她可是王母身边的大红人，岂是你一个低阶小仙得罪得起的？"

我还真不知道这小丫头来头这么大，早知道乖乖给她行礼就得了。不过我私心想着，好歹是天上的神仙，哪有度量那么小的？

然而，后来发生的事情证明，我真是高估了天界这帮神仙的气度。

好在沧弈并非真心罚我，等他一会儿气消了，便把桌上的毛笔丢到我怀里，仍是一张臭脸："你不是要学写字吗，还不赶紧过来，等着我去请你？"

"来了，来了。"我拿着笔跑到他案前，"教哪个字？"

"先教你写你的名字。"沧弈在纸上写了"素绾"两个字，把笔交给我，"看懂了吗？"

我点点头，照葫芦画瓢也描了一个，说来奇怪，明明笔是一样的笔，纸也是一样的纸，怎么写出来的字就一点都不同呢？

"好歹在桦音身边待了一千多年，居然连写字都不会，也不知你一天天修的是什么仙。"沧弈恨铁不成钢，把我写的那张纸压在最底下，又换了一张新纸，"你过来，到我这边。"

我赶紧凑上前，拿着笔刚要照葫芦画瓢，沧弈忽地握住我的手："看纸，别看我。"

"哦哦。"我低下头，一句话不敢反驳。

"案上那三本书是给你的，一会儿一起带走。"顿了顿，沧弈又在

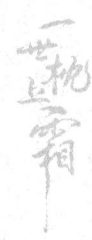

我耳边道,"还有,以后别人问你从哪儿来,不必说飞霄宫,只报我枢云宫的名字即可。"

说来奇怪,我好歹修了一千七百年的仙,早就心如止水。偏偏沧弈这一句话,竟让我感觉胸口处揣了一只兔子似的,蹦蹦跳个不停。

"仙君……"我小声道。

沧弈轻咳一声:"叫什么?"

"沧弈,"我赶紧改口,"时候不早了,我该回房修……修法了。"

沧弈"哦"了一声,便松开我的手,把案上的纸收到一旁:"回去吧,好好休息,少给我惹事。"

我赶紧应了一声,走到门口,又鬼使神差地回头看了一眼。但见沧弈一身玄色衣衫,端坐在书案前低头看经书,他那神态姿势,颇似桦音坐在离香池旁诵经的模样。而他和桦音的感觉又全然不同,桦音是清心寡欲的、淡淡的,他则是妖冶的、撩人的,让女子一见就心绪大乱。

难怪都说自从沧弈仙君来了,"天界第一美男"的称号便由桦音仙君处易主,果然不是空穴来风。

想到桦音仙君,我还真是尤其想念我这位恩公。反正今日闲来无事,我拿着沧弈给我的几本书,大摇大摆回了飞霄宫。

飞霄宫的仙娥见我也不奇怪,毕竟我在这过了一千多年。她们只是经常好奇地问我,离香池的水有何种魔力,究竟是如何养了我这么漂亮的小仙。

还没靠近飞霄宫主殿,我便撞见柳笙蹲在门前侍弄仙花仙草,她见是我回来,乐呵呵凑上来道:"在枢云宫住了这么久,我还以为你不回来看我了。"

"怎么可能,我可时刻记得我是飞霄宫的小仙。"我叹了口气,"不过今天我办了一件错事。"

"什么事?是不是得罪了沧弈仙君,他没因为你犯错罚你吧?"柳笙拍了拍裙摆的灰,关切地追问道。

"要是得罪了沧弈仙君还好,他是刀子嘴豆腐心,反而没事。"我实话实说,"我今日在红鸾司遇到纤月仙子,而且还出言顶撞了她。"

柳笙倒吸一口冷气:"你确定,真的是纤月仙子?"

我点头。

"那你完了。"柳笙道,"这纤月仙子是王母最爱的婢女,听说早三百年前王母就收了她做义女,得叫王母一声'干娘'呢。"

"停,别说了。"我堵住柳笙的嘴,转移话题道,"我知道你耳朵长,最近天界可有什么其他消息?"

柳笙拉我在离香池畔坐下,小声说道:"要说什么大消息,恐怕就魔界内奸一事了。"

"魔界内奸?"我听得一头雾水。

"对啊,你不知道吗?"柳笙说,"咱们天庭有魔界的内鬼,我听把守琅嬛阁的仙侍说,近期丢了天界禁书十二卷,魔界禁书八卷,这都是毁天灭地的法术,此番拿到魔界,指不定还要出什么大乱子。"

"只是小小几卷经书,能掀起多大的风浪?"我从离香池捞出一朵杜鹃花,借着月色,那花瓣反倒比白日更加鲜艳了。

我正思量着要不要吃一口杜鹃花尝鲜,忽见自飞霄宫外来了一众仙

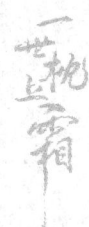

侍仙娥,只见采星在前面带路,纤月则紧随其后,浩浩荡荡来到了离香池前,我还没反应过来是怎么回事,便被两个仙侍当场擒住。

"仙子,这便是魔界内奸,她不仅来历不明,还凭着一张狐媚子脸勾引我家主上。"采星指着我道。

柳笙见状,赶紧跪在地上为我求情:"仙子,怕是您弄错了,素绾是飞霄宫离香池的锦鲤仙子,她不是什么魔界内奸。"

"呵,我怎么不知道飞霄宫有这么一位仙子?"纤月捏着我的下巴,眼中一阵寒光浮过,"我当内奸是谁呢,原来是你啊。"

她转身一拂袖子,发号施令一般道:"带走!"

如今她人多,我势寡,就是不走也得走。可是我也不傻,总不能一点准备也没有。

"我若两天未归,你就去枢云宫找沧弈。"我用传音术对柳笙道。

柳笙福至心灵,赶紧点头示意我。

虽然是跟着纤月离开飞霄宫,其实我心里并不怕。正所谓身正不怕影子斜,到了王母面前,我好好解释一番就是。可我没想到,纤月等人带我去的并非王母的银霜宫,而是二话不说,直接把我押送到天牢。

天牢四周燃着不灭的净火,我本是一条鲤鱼,没了水已经够可怕的,再拿净火这么一烤,怕是不死也要丢半条命。

"这回可知道我是谁?可知道我有多大的能耐?"顿了顿,纤月又道,"告诉你,若是在红鸾司早些服软,我或许看在桦音的面上不再难为你,谁叫你这么不知好歹。"

她居高临下地看着我,见我一言不发,又狠狠踹我一脚:"连内丹都没有的小妖,看你还怎么在我面前招摇。"

我被净火烤得头昏脑涨,自然没力气和她争辩,便撑起身子道:"我不服,我要见王母。"

"见王母?你这低阶小妖也配见王母?"纤月从鼻子里哼了一声,向半空虚抱一拳道,"况且王母早有法旨,魔界内奸一事,宁可错杀一千,绝不放过一个!"

"你且放心,我没时间严刑拷打,这净火之刑够你好好消受了。"纤月转身要走,临走时还不忘提醒外头的仙侍,"将净火燃得更烈些,看这副要灭不灭的样子,莫非你们在天家还吃不饱饭?"

净火一烤,常人倒是无妨,顶多是皮肉疼些,对我就不同了,尤其我又少了内丹,火焰一燎就皮开肉绽,不消两个时辰,我周身都散发出一股烤鱼的香味儿。想我初次入世,还没报答恩公的大恩大德,如今却要被人做成菜,实在是不走运。

话虽这么说,我也并非一丝希望都不抱,如今只盼柳笙早点去枢云宫,我相信沧弈,他绝不会弃我于不顾。

如此想着,我索性在此调息打坐,尽可能撑得久些。

诚然,我实在小看了这净火的能耐,早听说净火来自人界供奉,本就至纯至净,威力极强,却没想到竟是这般灼人。才两个昼夜,我就坐都坐不稳,哪还有打坐的力气。

"死沧弈,都怪你收了我的内丹……"我闭着眼睛喃喃念叨,心想死都死了,临死前我总得诉诉委屈吧,这么一想,更觉得自己骂得很有

必要,"死沧弈,我现在妖不妖仙不仙,怎么抵抗这净火,还说什么鱼龙一家亲,我看你就是等着吃烤鱼吧……"

我正嘟嘟囔囔地念叨,忽然一阵大雨倾盆而下,四周净火顿时熄灭了大半,此时方才听到门口的仙侍仓皇道:"仙君不可,这里关着魔界要犯……"

"里面是我枢云宫的仙娥,哪儿来的魔界要犯?"沧弈声音沉稳,"银霜宫追问下来,责任本座承担。"说着,他打破禁制,飞身将我打横抱在他怀里。

"你怎么才来啊!"我躲在他怀里,鼻子一酸,眼泪紧跟着掉下来,"你是不是等着吃烤鱼呢?嫌我烦也不能公报私仇啊,你还说有你在没人敢欺负我,呸,可不是没人欺负,直接把我杀了……"

"闭嘴。"沧弈皱着眉,额间挤出一个"川"字。

"都快死了还这么能说,要不是看你一身伤口,我还真不信你受了重伤。"说话的工夫,我们已到了枢云宫。采星早等在门口,一见我们,就赶紧扑上来,这次沧弈没有对她和颜悦色,他甚至一个字也没有丢给她。

我很久以后才知道,沧弈真正生气时,反而会一言不发。

他把我抱进枢云宫正殿,冷峻的目光扫过殿中一众仙侍仙娥:"都出去,没我命令,谁也不许进来。"

当时我意识不清,只记得他把我抱到榻上,上来就要脱我衣服。

对,没错,就是脱我衣服!

"你干吗?"我抓着衣领,一字一顿道,"禽兽,离我远点。"

"你要是不想伤口溃烂而死,那就听我这个禽兽的。"沧弈懒得和我饶舌。

我自然没力气周旋,眼皮早就已经打了半天架,只有小声道:"罢了罢了,你随意吧,我困了我要睡觉。"

"不能睡!"沧弈的声音比平时更加严厉,仿佛恨不得把我生吞活剥。

"真凶。"

"那好,我不凶你。"沧弈轻轻叹气,又找话题道,"你记不记得我和你说过的?"

"哪句?"我脑子一片混沌,随口胡诌,"你是我内人?还是自古鱼龙一家亲?"

沧弈微微眯眼,眸中杀意乍现:

"在我身边,绝不会让你受欺负。"

我实在撑不住乏意,倒头沉沉地睡过去,沧弈叫我多少声我不清楚,只知道自己这一睡就睡了五六天。

我做了极长的一个梦,那个地方又黑又暗,我梦到桦音站在我面前,他说:"素绾,跟我走。"

我刚迈出一步,沧弈的声音又从身后传来,他眸中尽是哀伤,轻声道:"阿绾,留下来。"

"我……"我本想奔着桦音跑过去,可是身体偏偏不受控制地朝沧弈的方向走,就在手指即将触碰到沧弈时,忽然千万支羽箭自我耳边呼啸而过,带着火光的箭,无一不射中沧弈的身体。

"是你杀了他……"

采星的声音从四面八方传来,我转身再看,不见桦音,不见沧弈,明明只有我一个人,可是偏偏那声音没有停:"是你杀了主上,你这个杀人凶手,是你……"

我猛地睁开眼,原来是一个梦。

还好,只是一个梦。

"醒了?"沧弈坐在一旁,斜瞥我一眼,旋即端正坐姿好整以暇地看着我。

我赶紧点头,这才发现自己还在枢云宫主殿,刚想起身离开,五脏六腑便牵起来钻心的疼痛。

"别动,动了死得更快。"沧弈仍旧冷言冷语。

"死得更快?什么意思?"我疼得龇牙咧嘴,然而性命攸关,疼不疼都是小事,"也就是说,我现在根本没得救?"

沧弈"嗯"了一声,看我震惊的样子,又接了一句:"能让你多活两天就不错了。"

"为什么啊?"闻言我眼泪都要下来了,人家当神仙都活个千年万年的,我几天的瘾还没过就要死?便追问道,"我现在挺好的啊,能说能笑的,为什么还要死?"

"回光返照懂不懂?再者,你以为净火是你家烧菜做饭用的火?我现在保你魂魄不散都是天大的能耐了,要不是我,你早就灰飞烟灭了。"

顿了顿,沧弈又道:"还有,内丹已经还你了,咱们俩现在可两不相欠啊。"

我暗自调整内息，沧弈说得果然不错，内丹已经放回我身上，实在是可喜可贺。

可是一码归一码，我突然要死了算什么！

"没想到你这么怕死。"沧弈故意逗我，"若你现在是为了桦音而死，还会这么怕吗？"

我眼珠一转，死的确是可怕，若是为了恩公而死，好像，也不是不可以。想到这儿，我点了点头："我这条命是恩公给的，我如今所闻所见，全依托恩公一片鳞，若是为他而死，那我定然义不容辞。"

"哼，不过一片鳞而已，幼稚。"沧弈把头转向一边，不再看我。

我见他目光躲闪，便知道他一定有事瞒着我，问道："沧弈，其实我没事了对不对，你说我要死了，应该是故意骗我吧？"

"骗你什么，我可没时间和你开玩笑。"沧弈站起身，又嘱咐我，"我去取药，你歇着别乱动。"

我盯着沧弈的眼睛，只觉那双琥珀色的眸子格外撩人。沧弈很快发现我在偷看他，目光便躲躲闪闪，似乎故意躲着我的眼睛。

正因如此，我更咬定了他有什么事瞒着我。或许我的身体根本就没事，什么死不死的，肯定是为了骗我老老实实待在这儿说的一个借口。

趁沧弈不注意，我忍痛撑着身子坐起来，沧弈还没走远，我本想从他身后扑上去吓他一跳，没想到两脚刚一落地，心口便如同刀扎了一样疼，一口黑血"哇"地吐了出来。

沧弈说我快死这件事，现在我信了。

"你以为我会拿这件事逗你?"沧弈黑着一张脸喂我喝药,"我告诉你,以我的能力,至多保你一个月寿元。"

我木然地端起药碗一口喝掉,这下连拌嘴的能耐也没有了。

"傻了?"沧弈伸手在我眼前晃了晃,"怎么不说话了?"

"说话讨人嫌,我已经快死的,临死想给你留个好印象。"

沧弈哈哈大笑。

"我都快死了你还笑?你不会是真的打算吃烤鱼吧?"我欲哭无泪。

沧弈忍住笑,正色道:"你快死了这话不假,可我也没说你一定要死啊。"

"你被净火烧得魂魄四散,不过我知道有样东西可以凝魂聚魄,一个月时间,足够把它弄到手了。"

"什么东西?"听到还有一线生机,我整个人都精神起来。

"梼杌之眼。"

见我一脸茫然,沧弈开始兴致勃勃地为我解释:"这梼杌是上古神兽,一直生活在魔界的天虞山中,它为祸当地已有千百余年,我可以带你去杀了它。"

"那我们即刻启程吧。"惜命如我,赶紧举双手双脚提议道。

沧弈摇摇头:"走之前,咱们还有一件大事要办。"

顿了顿,又听他幽幽道:"你记不记得我说过,只要有我在,谁都不能欺负你。"

银霜宫,乾清殿,王母端坐主位,纤月则低头站在一侧。王母面带疑惑地看着我和沧弈："沧弈仙君，你来找本尊所为何事？"

"沧弈知道最近魔界内奸一事闹得沸沸扬扬，却没想到王母擒拿内奸的手，已然伸到我们枢云宫了。"沧弈带着我，不卑不亢朗声道。

王母眉头一蹙："哦？沧弈仙君这话是什么意思，本尊实在疑惑得很。"

"几日前，纤月仙子浩浩荡荡，捉去我宫中仙娥，请问纤月仙子，可有此事？"沧弈直截了当地问。

王母将目光搭在纤月身上："仙君此言为真？"

纤月急急道："可是奴婢是因为，是因为……有人告诉奴婢，仙娥素绾便是魔界内奸！"

"证据何在？"沧弈并不打算饶她，追问道，"单凭一面之词，便要麻烦纤月仙子祭出净火，亲自做杀人诛仙的勾当？"

纤月仍要辩解："我是为……"

"放肆！"王母怒喝道，"纤月，我平时放纵你不假，不想今日你竟做出这种糊涂事！"

"仙君，不知那名仙娥现下如何？"王母换了一副语气，关切地问。

沧弈淡淡瞥了我一眼，旋即回答道："那名仙娥如何，自然是沧弈一人的事，王母不必过劳费心。事实上，我今日前来，的确是有事想求王母。"

"本尊纵容婢女，拂了仙君的面子，如今仙君有事相求，本尊自然一并应允。"王母道。

"那便好。"

　　只见沧弈缓缓抬起手，便有红色的火焰在他掌心燃起，还没等我猜出他要做什么，那团火已经结结实实地打在纤月身上。纤月平白无故受了一击，连连回退七八步，随即吐出一口血来。

　　"欠债还钱，杀人偿命。"沧弈收了势，抱拳行一礼道，"多谢王母成全，沧弈告辞。"

　　也不管王母脸色多难看，沧弈二话不说，带着我昂首阔步走出银霜宫。

　　"现在什么感觉？"出了银霜宫，沧弈回头问我。

　　还在人家的地界，我只能嘴角下压强忍着不笑，然而喜悦之情由内而外，实在是藏不住："爽，刚才那一下打得太爽了，沧弈你也太帅了吧！"

　　"对了，刚才那是什么火，是净火吗？"我绕着他左一圈右一圈地恭维，不消说也知道，眼睛里写满了崇拜。

　　沧弈得意道："净火？那不是便宜她了？我刚才用的是般若元火，不死也够她受。"

　　"般若元火？"我闻言更是激动，"沧弈，这也太厉害了吧！"

　　"如果这点能耐都没有，怎么能高坐天界四方仙君之位？"沧弈扫视我一番，忽地想起什么，"把你的手伸出来。"

　　我乖乖伸出一只手，见沧弈掐诀召出元火，幻化成一朵红色般若花按在我手心。说来奇怪，那火按在我手心里不仅不疼，反而清清凉凉的，如一块冰似的。

　　沧弈看着那朵般若花，说："你这次被纤月所害，也怪我收了你的内丹，这就送你一个小东西赔礼。"

沧弈道："我共有元火九盏，如今将一盏分给你，权作防身之用。"

"可是……"我看着手心里那个般若花印记，"可是这东西怎么用啊？"

沧弈道："元火通晓人情，可有千万般变化，你想怎么用就怎么用。"

"但是……"我还是不懂。

"等你需要时自然就知道了。"沧弈懒得多说，只用一句话便草草敷衍我，"回去好好准备，明日启程去魔界。"

沧弈与我好歹是天庭的人,不管出于什么理由,大摇大摆去魔界实在不是什么好事,况且近来两界关系紧张得很,思量再三,沧弈决定趁着夜黑风高,天兵把守空虚,带我从天河处偷偷溜出去。

"除了南天门,这是唯一能让咱们离开天界的地方了。"沧弈指着身后满地星辰,璀璨的碎芒在我们脚底汇成一片流光溢彩,我抬头看顶上九重苍穹,苍穹尽是灰暗,唯独所踏之处明亮如眼眸。

活了一千七百年,我从未见过那么美的地方。

"真漂亮。"我蹲在地上不愿走,"要不咱们再待一会儿吧,就一小会儿。"

沧弈不说话,可也没拒绝,我只当他应允,便自顾自在天河里闲逛。

"天河这么美,为什么反而荒无人烟,鲜有人来呢?"我撷一颗星星在手心里,拿到沧弈面前问他。

沧弈抬眸看我,淡淡道:"美则美矣,只是修仙之人薄情寡欲,就看不见这些美景了。"

他又说:"这美蚀骨销魂,你这样的小仙根基不稳,少看点也是好的。"

"看多了会死吗?"我赶紧扔了星星躲在他身后,"那我不看了,咱们还是快点去魔界吧。"

沧弈伸手敲敲我的脑袋:"什么死不死的,我是怕你看了美景动摇凡心,你可懂?"

"懂懂懂,只要不死怎的都行。"我嘿嘿傻笑,旋即摘了一大把萤草在手里,偶有两三株萤草开了花,那花朵小米粒似的细细碎碎簇拥在一起,十分惹人喜欢。

"玩够了吗?"沧弈抬头看天,北斗星辰逐渐暗淡,启明星越发明亮。

我点头:"够了够了,我看天快亮了,咱们这就启程吧。"

"咱们两个一起,目标实在大了些。"沧弈略加思索,"不如这样吧,你随便变作一个物件,我带着你离开,如何?"

我哪有不答应的道理,可是变成什么好呢?想了想,我掐诀化作一朵红色般若花,故意攀附在他鬓边。

"胡闹。"沧弈伸手要把我摘下来。

我借机在他耳边求饶:"不嘛不嘛,沧弈你就带着我吧,反正也没人看到你。"

我不依不饶:"况且沧弈你这么帅,戴一朵花无伤大雅,顶多就是从妖冶变得妖娆了些。"

沧弈今日也不知哪根筋搭错了,竟然这么轻松就妥协了,无奈道:"我真是怕了你了,可是咱们得说好,到了天虞山就自己乖乖下来,别用我动手。"

"好说,好说。"我一口答应下来。

我见沧弈耳后有一道长长的伤口,一直贯穿到后颈,便问:"沧弈,你这是何时受的伤?"

　　沧弈伸手碰了碰那道伤疤，道："许久以前了，我也不记得是什么时候。"

　　"你当我傻呢。"我毫不留情地揭穿他，"这伤口明明是新的，鲜红狰狞，怎么可能是许久以前受的伤？"

　　"这口子疼也疼不到你身上，怎么废话这么多。"沧弈骂我。

　　我缄口不言，许久，听他又补了一句："糊涂小仙，不谙世事。"

　　骂吧骂吧，谁叫我小命都指着您呢。

　　天虞山一行路途遥远，沧弈带我接连过了翠岭、不周两山，此间我目睹了昼夜交替，阴晴变化，又见识了林花起春红落，更觉得飞霄宫那个小池子实在闭塞，一点都没有外面的世界有趣。

　　"咱们还有多久到天虞山啊，沧弈你累不累，渴不渴？"趁着沧弈停在中途休息的空当，我化回人形，凑到他跟前十分狗腿地问道。

　　沧弈对着面前的滔滔大河，目视着远方的连绵山岭，对我说道："过了这道赤水，前面就是天虞山，也就是魔界的领地了。"

　　"这地方比天界不知好了多少倍。"我躺在赤水岸边的草地上打滚，这里繁花更盛，绿叶森森。和天界的美不同，和天河的美更不同，相较来说，天界的美是冷而清的，天河的美则是虚幻的，如水一般易碎的，可这里的美是真真实实的，睁开眼睛就看得到，伸出手就拿得着的。

　　我躺在地上望天感慨："怪不得万千年来无数的仙娥偷偷下凡，要是我啊，我也选这里。"

　　"可是仙人千秋万岁，这是凡人得不到的。"沧弈说。

　　"说起来实在是可笑，仙人贪恋凡尘的美色，凡人贪恋天界的永生，实在是有趣得很啊。"他又说。

我啧啧嘴："只可惜我们没有选的权利,譬如我吧,我一睁开眼睛就注定是天界的鱼,这辈子修成人形也得在天庭。"

我问他："哎,沧弈,倘若给你选的权利,你会怎么选?"

沧弈负手而立,沉吟片刻,道："凡人仅百年寿命,但若有幸得一挚爱,极好。"

"难道神仙就不能有挚爱吗?"我不解。

"阻碍甚多,不如不爱。"

彼时我听不懂沧弈话中深意,直到有朝一日我终于了然,才知道自己已深陷其中。

一进入魔界的领地,我就感到胸闷、头疼。沧弈察觉到我的异样,问："怎么了?"

"说不清,就是难受。"我如实回答。

"差点忘了,你是……"沧弈说到这,突然急转话锋,"你仙基不稳,水土不服也是常事。"

"这就是天虞山了。"沧弈俯瞰着云下的赤色山峰。

我听见飓风自山谷间呼啸而来,颇似怪物的低吼。他道："梼杌就在这里。"

"可是天虞山这么大,咱们怎么抓到梼杌啊?"我看天虞山似乎不小,不禁在心里暗暗捏了把汗。

沧弈道："这不用你担心,只要梼杌还在,我就一定能找到它。"

说罢,他御剑飞身而下,等我再回过神时,我俩已然到了天虞山的山脚。我赶紧变回人形,蹑手蹑脚地躲在他身边。

"这里有梼杌的气息,你小心点。"他将剑横在面前,顺势把我拉到身后。

那声音越来越响,此时我才意识到,我在云上听到的哪是什么风声,这分明是梼杌的吼叫声!我后背一阵阵冒凉风,不知为什么,总觉得静不下心。

"小心!"

沧弈突然抓着我的衣裳腾空而起。我往下看,只见一只巨兽从谷中突然冲出来,猛地扑到我们刚才所在的地方。

"这是梼杌?"我吞了一口唾沫,看了看那只巨兽,又看了看我和沧弈,"它也太大了吧?"

并非我胆小,只是那梼杌足有一座矮山大小,以我和沧弈的体形,怕是还不够给它塞牙缝的呢。

"怕了?"沧弈见我瑟瑟缩缩的模样,故意调笑我。

我掐着发抖的腿,磕磕巴巴道:"不……不怕。"

"你的脸都白了。"沧弈笑话我。

他忽地抱住我的腰,另一只手凭空一抓,便唤出一柄长剑,说话时目光并不看我:"抱紧点,你若死了,我不负责向桦音交差。"

我像八爪鱼一样贴在他身上,闭着眼睛不敢看梼杌。真奇怪,眼睛看不见时,耳朵反而格外灵敏,我清楚地听见耳边呼呼的风声,以及梼机半伏在地上喉中低沉的吼声。

剑锋割在梼杌的皮上，摩擦出刺鼻的臭味。

"多年不见，这东西竟比以前更厉害了。"几番交戈下来，沧弈已经有些吃力，他勉强脱战，随后将我安置在一处乱石后，正色道，"无论发生什么事，都不许出来。"

见他表情那么严肃，我赶紧点头应下，突然看到有血从他袖中一滴一滴落在沙地上，仿佛平地绽放出朵朵殷红的花。

"要不咱们回去吧。"

在沧弈转身那一刻，我抓住他的手，下定决心道："就算我想要活下去，也不一定必须要梼杌之眼，咱们走吧。"

沧弈愣了一瞬，突然回过神，冷冷道："不许胡闹。"

"我……"

还没等我话说完，沧弈已飞身至梼杌身后，召出八盏般若元火，结结实实打在梼杌身上。

梼杌终于被激怒了，沧弈这下似乎打到了它的痛处，它昂起头怒喝，不顾一切地朝沧弈扑过去。

"小心！"我大声喊道。

电光石火之间，一支紫色羽箭破空而来，一箭中的，正扎在梼杌的后脊骨上。

沧弈吃了梼杌一击，撑着剑半跪在地上，我顾不得许多，连忙跑出去扶着他，劝道："沧弈，咱们走吧，我命贱，死就死了，大不了你帮我转告桦音仙君，大恩大德，素绾来世再报。"

"我说过，你若死了，我不负责向桦音交差。"沧弈瞥我一眼，厉色道，"回去，不许出来。"

我正要说什么，一位持着弓箭的紫衫女子从天而降，她见到沧弈，似乎十分震惊，而后单膝跪地道："瑶歌救驾来迟，请世子莫要怪罪。"

"世子？"我听得一愣一愣的。

沧弈看看她，又看看我，避开她的视线在我耳边小声道："这股气息，她应该是魔界的人，兴许是认错人了。"

顿了顿，他又道："来得正好，我借她之力杀了梼杌，你千万不要说错话。"

我早就方寸大乱，自然是沧弈说什么就是什么，便后退几步，柔声道："你量力而为，千万别再受伤了，我就在你身后等着你。"

沧弈用眼神示意"知道了"，然后站起身看着瑶歌，道："别跪着了，随本座杀了这梼杌要紧。"

"是！"瑶歌得令，伸手自身后的箭筒中抽出三支羽箭，随后开弓放箭，支支正中梼杌的背部。

两三个回合过后，我看瑶歌的箭筒已经快空了，沧弈提着剑也越发不敌，而梼杌却不急不缓，似乎很享受这场打斗。我看那梼杌虽然皮糙肉厚，唯独腹下有一块极其柔软的地方，而它似乎也有意不使这块肉暴露在沧弈面前。

莫非，这是它的弱点？

梼杌突然疯狂地咆哮起来，沧弈和瑶歌中了一击，两人连连后退数十步。

"我知道了！"我跑到沧弈面前，把他护在我身后，大声道，"我知道梼杌的弱点了，在腹下，有一块嫩肉，那就是它的弱点！"

瑶歌看了我一眼，点点头，随即拉开长弓，可惜羽箭还没飞到梼杌身边，便被吼叫声拦截在十米之外。

"坏了！"她看着我道，"箭筒空了。"

沧弈拭去嘴角的血，冲着瑶歌道："你带她走，余下的交给我。"

"要死一起死，本来这件事就是因我而起，我怎么可能抛下你自己逃命！"我道。

梼杌已经朝我们跑过来，我吓得两腿灌铅似的，就是想走也走不了，就在梼杌扑过来的一刹那，我伸出手挡住沧弈，心想，若是我有用一些，能打到梼杌的要害该有多好。

就在这个瞬间，我手心一阵刺痛，随即掌中般若花开，一盏元火如利剑一般破空而去，正刺中梼杌的要害！

平心而论，这一击的威力绝对比不上沧弈的八盏元火，甚至比不上瑶歌的一支羽箭，但是，它有用！

梼杌趴在地上嘶吼几声，刹那间山崩地裂，须臾，自那裂缝中飞起无数荧荧光芒，它们逐渐汇聚在一起，在天地间形成一个个巨大的光球，然后又陡然破碎，化成更加细碎的光点，消散在从山谷吹来的风中。

沧弈手起剑落，剜下梼杌的双目，像丢糖球一样抛给我："拿着吧，这回你死不了了。"

我本来以为那眼睛一定血肉模糊的，没想到接到手里却浑圆明亮，仿佛两颗琉璃珠子。

"多谢这位小友，若非有你，我和世子怕是命丧于此了。"瑶歌冲我抱拳道。

沧弈呵了一声："谢她作甚，这是我座下的小童素绾，此番来到天虞山，也是为了取得梼杌之眼给她救命。"

"救命之恩，谢是一定要谢的。"瑶歌收起弓箭，"光拿到梼杌之眼也没用，不如世子与我去周边的城中休憩几日，由我来给素绾姑娘熬药。"

我面露难色，用胳膊悄悄碰了碰沧弈，道："快走吧，咱们待久了露馅儿怎么办？"

"现在就走反而会引她怀疑，不如将计就计，等你仙元彻底恢复再走。"沧弈道。

瑶歌看我们俩鬼鬼祟祟的模样，眉头一皱，质疑道："莫非世子还有事情隐瞒？"

"没有，没有。"我把沧弈往身后一拽，生怕瑶歌看得仔细，万一看出沧弈不是什么世子就坏了，便遮遮掩掩道，"仙君……呸，沧弈的意思是，一切按你说的办。"

沧弈无奈扶额："你这脑子实在堪忧。"

"魔界也有城吗？"我好奇地跟在瑶歌身后问她。

瑶歌疑惑地"哦"了一声："小友似乎不怎么了解魔界？"

意识到失言，我赶紧求助似的看了一眼沧弈，沧弈不愧是沧弈，撒起谎来脸不红不白："素绾是我在凡界所救的一只鲤鱼精，从没来过魔界，不了解这里也是正常。"

"对对对，我还想趁着这个机会好好了解一下魔界呢。"我接过话茬，点头如小鸡啄米，"瑶歌，你这么厉害，你是什么身份啊，我看你刚才那个箭，实在是厉害得很。"

瑶歌下意识地看了一眼身后的弓箭，笑道："我是世子的护法，我俩可是万八千年的交情了。"

我心里唏嘘：万八千年还能看错，这要是魔界世子知道了，那心得多凉。

"说来惭愧，我空有一副好弓箭，论起修为术法，还不如小友你呢。"瑶歌又说。

"此言怎讲？"我不懂。

瑶歌解释："若我没看错，小友刚才击杀梼杌所用的是般若元火吧？"

"啊？"我一时没反应过来。

瑶歌看着沧弈，又说："这天下我只知两个人会用般若元火，一是雷音殿殿主，二就是我家世子殿下，小友你是第三个。"

那你可真是见识鄙陋了，我心想，你旁边就站着第四个呢。

"般若元火虽然不常见，但修炼此术的人倒也不少，不见得天下只有两人善用。"沧弈又看我，毫不遮掩对我的嘲笑，"至于她的修为，你可真是高估了，你所见到的那盏元火是我分给她的。"

"这次知道元火是怎么用的了？"他问道。

得了这么大一个便宜，我嬉皮笑脸地点头："怪不得你说，元火千般万化，随心所欲，我今日只稍稍一动念，它自己便动了。"

"原来如此。"瑶歌低头不语。

"这附近的城在哪儿啊?"我看着一望无际的石头墙问。

瑶歌指着前方石头墙的缺口:"你见到的就是城门,此处名曰'鹿城',是魔界与其他两界相连的要塞。"

"哦……"我挠挠脑袋,心想:这城墙还真是简陋,里面指不定多荒凉呢。

然而,鹿城人声鼎沸,实在是十分打脸。

"鹿城以贸易为最,因为地理位置极佳,鬼市上常常能看到三界的各种人来做买卖。"瑶歌兴致勃勃地向我介绍,"今天你来得正好,十五月圆,是鬼市最热闹的时候。"

我看沿街小贩来回奔走叫卖,隔三五步便有花灯高照,偶有宝马香车自我身边路过,轿中美人以圆扇半遮脸孔,只露出一双摄人心魂的大眼睛,又有鲜花簇拥,又有闲人嬉戏,呵,这里的景色果真比天界还好看!

"小友觉得魔界如何?"瑶歌问我。

"极好极好,比天……"我倒吸一口冷气,"比天天跟着沧弈修行有趣得多。"

瑶歌"扑哧"一声笑出来:"这还不是最有趣的,你可以往鬼市中逛一逛,或许有什么你想买的东西呢?"

"我想买的?"我伸长脖子往边上的摊位看了看,小声道,"沧弈,我能去吗?"

"想去就去,本座贵为魔界世子,还怕付不起你的花销?"沧弈十分不屑。

说你胖你还喘上了。我冲他哼了一声，随即欢欢喜喜地拉着瑶歌的手，这个摊位逛逛，那个摊位瞧瞧，半天也没看到个中意玩意儿，反倒是跟着瑶歌听了不少趣事。

"瑶歌，你刚刚说三界都有人来，那凡人既无修为，也无珍宝，他们拿什么做生意啊？"我问。

瑶歌看着我们不远处一个瘦骨如柴的男子，道："用他的阳气，或是用寿命，不过这东西折损极大，像他那样的，便是困在此处回天乏术了。"

"用寿命去换珍宝？"我咋舌，难怪总听天上的仙娥说凡人贪婪，现在看来的确是如此。

突然感觉有人拍我肩膀，回过头，一张鬼脸正杵在我面前，我吓得只差原地跳起来。沧弈把面具拿下来，哈哈大笑："就你这样老鼠一样的胆子，以后能做什么大事！"

"一边去，一边去，"我把他推出老远，"吓都吓死了。"

"看上什么好东西没？"沧弈偏跟着我和瑶歌，寸步不离。

我摇头："没有。"

"兽骨仙丹，给了我也没用，凡人的寿命，贡给我做祭品我都不稀罕，我就看这些首饰发簪有意思，只不过大多庸俗丑陋，没入眼的。"我眼睛盯着几处小摊，如实说道。

我在一个买首饰的小摊前站定，随手拿起一支金钗插在发间，转身问瑶歌："瑶歌，你看这个如何？"

"素绾妹妹本就生得美艳，这支金钗一戴上，反而显得世俗气。"

瑶歌略一思索,微微摇头,"我觉得不妥。"

沧弈咳了一声:"要不怎么说,粗鄙小妖,见识浅陋。"

"怎么哪儿都有你!"我气结。

"与其戴这样的金银俗物,还不如直接在头上戴一朵野花来得漂亮。"沧弈说着,从路边摘了朵通体赤红的小花别在我发间。

我伸手要摘:"不戴,不戴,丑死了。"

"你知道丑还让我戴?"沧弈拦住我摘花的手,"一报还一报,我让你戴你就戴。"

"你这花过不了多久就蔫了,和我的能比吗?"我仍不放弃挣扎。

沧弈似乎是想到什么,随手掐了一个诀,然后笑眯眯道:"除非我死,否则此花绝对不会枯萎。"

瑶歌掩嘴窃笑,末了安慰我道:"这虞美人戴在素绢头上,配上她冰肌玉骨,的确衬出几分妖姬美人的味道来。"

"这花叫虞美人?"我把那朵花摘下来放在手上把玩,那花周身赤红,唯有花心一点是黑色的,生得十分奇怪。

瑶歌微微一笑:"虞美人这花,天上地下,唯我魔界独有。"

"它这名字可真奇怪。"我把玩着那朵小花,"只是,为何一朵花要取名'美人'呢?"

"这是霸王之妃虞姬的骨血所化。"

我叹气:"相爱不易,真是可惜了。"

"霸王杀孽过重,无法转世为人,其魂魄肉身皆化为魔界尘埃,虞姬便幻化成这千万朵红花,永生永世,长相厮守。"瑶歌长长地叹息,而后看着我，"素绾，这花与你很相配，你戴起来，再好看不过了。"

生死离别，悲歌四起，世人只见一抔鲜血洒在帐中，那一夜到底如何，谁又能知道呢？我看着手中的虞美人，却想不透为何瑶歌说这花与我相配。

"既然瑶歌说好看，那戴几日也无妨。"说罢，我乖乖把那花戴回发间。

沧弈刚要说什么，忽地脚步不稳，险些栽倒在地。

我慌忙扶住他："沧弈，你没事吧？"

"无妨。"沧弈拂去我的手，须臾，吐出一口血来。

"世子！"瑶歌先我一步为他搭脉，旋即眉头皱起，"许是刚刚和梼杌一战，伤及肺腑，我看时候也不早了，咱们还是先找一个地方歇息一下吧。"

我扶着沧弈不住点头："好，麻烦瑶歌你带路。"

瑶歌就近找了一处客栈歇脚，我随她把沧弈安置在房中，听她道："我来为殿下疗伤，素绾你……"

"我需要出去吗？"我疯狂给沧弈递眼色。

沧弈脸上没有一丝血色，他点点头，虚弱道："你放心，有事我自会唤你。"

我"哦"了一声，三两步退出房间，又怕沧弈出事所以不敢远走，只默默躲在房门前偷听。

这几日一直在行路，又击杀梼杌，把我拖得疲惫无比，我靠着门坐

在地上，里面隐隐约约有沧弈和瑶歌的说话声，只是听不真切，不多时，我便昏昏沉沉地睡着了。

再醒来已经是深夜，我刚扶着酸痛的膝盖站起身，瑶歌便推开房门出来了。她见我还在门口，既不诧异也不惊奇，而是单刀直入地问："素绾，听说你曾得了一位恩公的鳞，方才化身人形的？"

我心想沧弈怎么这事也和她说了，又不敢否认，只能点头称是："的确如此。"

"能给我看看那鳞片吗？"瑶歌又问。

"嗯……"我不情不愿地答应下来，随即炼化出内丹给她瞧。

看到我内丹中的鳞片，瑶歌的脸色略微有些变化，她伸手刚要碰到内丹，便被无形一股力道击出几步远。

"瑶歌你没事吧？"我匆忙收了内丹扶她起来。

"无妨，无妨。"瑶歌摇头，好像想起什么似的，"我闲着也是闲着，不如去给你煎药权作消遣，那梼杌之眼呢，交给我吧。"

我摸出一只眼交给她："那我去照顾沧弈，煎药的事就麻烦你了。"

我见沧弈仍在昏睡，索性拽了一张椅子在他榻边坐下，叹息道："你说说，我这次是欠你多大的人情。你也是，明明打不过梼杌还硬要逞能，若是你真死了，我可怎么办？

"我真的很害怕，今天梼杌要杀你的时候，我吓得腿都软了。

"恩公的情义我还没来得及还，你又三番五次救我于危难，我素绾一条贱命，莫非还要给你们两个差遣？"

"那就只报我一个人的恩。"沧弈闭着眼睛道。

嗯？什么时候醒的？

"你你你……你醒了！"我从椅子上跳起来，"你都听到了？"

"什么醒不醒的，"沧弈睁开眼睛看我，解释道，"准确来说，是一直都没睡。"

我不语。

"素绾，既然你这么为难，不如放弃桦音，只报我的恩吧。"他忽地坐起身抓住我的衣袖。我脚下一个不稳，扑倒在他怀里。

他身上的气味又冷又清冽，似是离香池水包裹着我的感觉，又比水更让我感觉舒服。

沧弈撑着头看我，调戏道："这是投怀送抱？"

"没有，没有！"我一边逃也似的跑开，一边念念有词，"仙君请自重，我这辈子注定要伺候恩公，不能报答你的恩情了。"

瑶歌正好端着药进来，见我满脸羞红，问道："这是怎么了？"

"没什么。"我转移话题，指着瑶歌手里的药碗道，"这就是梼杌之眼熬的药？"

"正是。"瑶歌把药碗交给我，"趁热喝了吧。"

沧弈突然叫住我："且慢！"

"猎杀梼杌我出力最多，就算是药，也应该是我第一个喝吧。"他看着瑶歌，似乎这些话是故意说给她听。

说罢，他走到我面前抢过药碗，作势要喝，却被瑶歌一下拦住："不可。"

这两人打什么哑谜？我夹在中间尴尬得很，只能打圆场道："他要

喝就让他喝吧,我还有一只梼杌之眼,不差这一碗药。"

沧弈把药倒在地上,乌黑的药汁变成一地爬虫蜈蚣,我这才了然:这哪里是药,分明就是害人性命的毒物!

"什么意思?"沧弈看着瑶歌,质问道。

我看瑶歌表情错愕,实在不像是故意要加害我,便咽了口唾沫,开脱道:"可能,可能是……"

"瑶歌姑娘就算看出我们是天界中人,也不该出此毒手。"说罢,沧弈拽着我要走。

瑶歌露出难以置信的神色,她蹙着眉叹了口气:"你……"

"护法认错人在先,这错算不得我们头上。"沧弈说,"况且天魔两界止战不易,本座多谢护法的恩情,只有他日再报。"

瑶歌转过头不再看我们,伸手指着门:"你们走!"

"告辞!"沧弈一字一顿道。

我被沧弈扯着衣服带走,临走时我匆忙地回头看瑶歌,只见她呆呆地站在原地,手足无措的样子实在不像一个恶人。

"或许瑶歌另有苦衷呢?"出了客栈的门,我拉住沧弈。

沧弈嗤笑:"你是不是真傻,她要杀你,你怎么还为了她说话?"

"可是我觉得瑶歌不是那样的人!"我言之凿凿,"她虽然是魔界护法,但是我看得出,她不是什么坏人。你是不是太武断了?"

"我就该让你被她毒死!"沧弈总是这样吝于解释,随即丢下我一个人往前走。

我看他真的要走,一丝回头的意思都没有,就快跑两步跟上他,拽住他的手讨好道:"好啦好啦,我知道错了,你说她是坏人就是坏人吧。"

沧弈板着脸瞥我一眼:"粗鄙小仙,见识浅薄。"

"这次回到天界,离我渡劫的日子就不远了。"我与沧弈驾云行至天虞山上,听他如是说道。

我眼前一亮:"也就是说,我马上就能见到恩公了?"

"这要看缘分。"不知为何,我总觉得沧弈有些不悦,"况且渡劫须得转世轮回,你确定自己轮回后还记得他?"

怎么忘了这一茬!我一拍脑袋:下凡须得在洗魂台重新炼化,到时我们都成了凡人,怎么可能还记得恩公。

"就没有别的办法吗?"我可怜兮兮地求沧弈,"我不求在凡间使用仙术,只想不忘了你就好。"

沧弈闻言,忽而愣了一瞬,我看事情尚有缓和的余地,旋即又补充道:"还有恩公!"

"那你还是忘了吧。"

沧弈冷哼一声,再度把我甩在后边。

凡人云,塞翁失马,焉知非福,此番我吃了梼杌之眼后,修为大增。只是这几日沧弈天天忙着应付历劫一事,我闲着也是无聊,便将他之前赠我的三本书背了个通透,这才识得了一些字。

离渡劫的日子越来越近了,我天天缠着沧弈想办法,而沧弈仿佛王八吃秤砣——铁了心不帮忙,只说保留记忆是违反仙规的事,他可不愿

意为我以身试法。

"爱帮不帮,本姑娘自己也能想到办法!"某日,第三百次被拒绝之后,我愤然离开枢云宫,气哼哼地回到飞霄宫搬救兵。

我想,就算沧弈不出手,还有柳笙这个天界百事通帮着我。思及此,我更是加快了去往飞霄宫的脚步。

"你疯了吧,这可是违反天条的事儿!"柳笙听了我的话,连连摇头,"不行,要是被人知道你就死定了,我不能帮你。"

"柳笙,我知道你有办法,你就帮我这一回吧。"我挤出两滴眼泪来,正所谓假作真时真亦假,又道,"我这不也是为了恩公好嘛,你是恩公的仙娥,难道你希望恩公在凡间受人伤害?"

"可是……"柳笙挣扎许久,无奈道,"哎呀,我也不知道怎么能在渡劫时保存记忆,只是有一个地方或许可以给你答案。"

"什么地方?"我赶紧凑近她,"你说,你说。"

"你知道琅嬛阁吧?"她问我。

我点头:"那是存放天、魔两界禁书的地方,你前几天还说,有魔界内奸盗书呢。"

"琅嬛阁记载了许多奇门遁甲之道,或许你可以到那里看看。"柳笙道,"可是你千万得小心,自从禁书丢失,天帝已派人加重了琅嬛阁的把守。"

柳笙抓着我的手:"不过,你本就和纤月仙子不对付,如果看书不成,又被人误认成魔界内奸,那你就更洗脱不掉罪名了。所以,还是别去了吧?"

我摇摇头:"只要能记得恩公,能报恩与他,我怎样都行。"我匆匆和柳笙告别,"时候不早了,我回去准备准备,今晚便去。"

临走时,忽然间一只翠鸟掠过树梢扑棱棱地飞走,我心下疑惑:活了一千多年,还是第一次在飞霄宫见到小鸟。

月上柳梢时,我做贼一样来到琅嬛阁,果然,还没走近便看到一列列天兵来回巡逻,一点可乘之机都没留给我。

我躲在草丛里正愁怎么才能吸引这群天兵的视线,好找时候趁机溜进去,突然琅嬛阁西北处一声巨响,几列天兵察觉异样前去查看,只留下零零散散两个人守岗。

天赐良机!我掐诀化成一粒灰尘,随风飞入琅嬛阁中。

一进到琅嬛阁我就傻了,里面错综复杂横着无数鎏金书架,每一架都被书塞得满满当当。我开始打心眼儿里佩服那个魔界内奸,这么多的书,他是怎么分出来哪个是哪个的?

"《三界史录》《神农百草汇》《黄帝经》……"我顺着书架一排排找,根本就看不出哪个写着可以保留记忆的禁术。

"谁?"

门外的天兵突然骚乱起来:"有人进了琅嬛阁,还不快速速擒拿!"

眼看琅嬛阁大门开启,我下意识退后两步打算溜走,没想到正撞进一个温暖的怀抱里。

"你果然在这儿。"沧弈粗鲁地把我拽到他面前,"来做什么的?"

"我……"

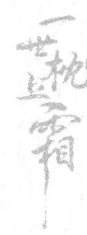

我话还没说完,沧弈突然转身把我藏在书架的拐角处,随即掐了一个隐身诀,小声道:"别动。"

几个天兵在我们面前晃了晃,愣是什么都没看见。

就在我松了口气,看几个天兵转身要走的一刹那,一只通体乌黑的仙鼠突然从书架里钻出来。

老鼠可是能吃鱼的啊!我吓得张嘴要喊,电光石火间,沧弈突然俯下身吻住了我。

这算什么!用嘴堵嘴?

我伸手要推他,两只挥舞的"爪子"却反被他攥在手里,我听见他用传音术骂我:"粗鄙小仙,真是业障。"

几个天兵看到仙鼠跑出去,这下才放心:"嗨,原来是一只老鼠。"

等这些天兵离去,沧弈终于放开我,我脸上着了火一样滚烫滚烫的,只能用袖子擦擦嘴,愤愤道:"你还真是君子动口不动手。"

"你来这儿做什么?"沧弈并没打算放过我,"你知不知道被人抓住,下场会怎样?"

我低头道:"还能怎么样,大不了毒打一顿。"

"毒打一顿?你这脑袋是摆设吗?还是里面装着糨糊!"沧弈用食指戳我脑袋,"被认定是魔界内奸,你以为你还活得了吗?"

"你又不帮我,我只能自己动手!"我气呼呼地跑到一边,眼睛仍盯着架子上的仙书,权当看不见他。

沧弈走到我身边,靠在书架上优哉游哉道:"不用找了,你要的禁术这里没有。"

"你说什么我就信什么？万一你是骗我的呢？"我故意同他置气。

"本座说没有就是没有。"

沧弈捏着我的胳膊，十分霸道地把我带出琅嬛阁，连碎碎念的机会都没给我，直截了当道："跟我走。"

他把我带回枢云宫，随后屏退众人，问我："你这么想找到禁术，只是为了不忘记桦音？"

我声如蚊蚋："嗯。"

"还有……"我咽了口唾沫，抬头看他，"我也不想忘了你。"

沧弈本是板着脸的，突然"扑哧"一声笑了，意识到失态后又赶紧冷着一张脸，说道："真是拿你没办法。"

他抬手凭空在我面前画出一道符咒，随后手腕向下一压，那符咒便从额头冲进我身体。

"好了。"沧弈把我晾在旁边，独自回到案前坐下。我见他案上多了许多空白的婚书，便知道他肯定又答应红鸾司帮忙写婚书。

长发绾君心，想到这儿，我以手指为刀割下一缕长发，来到他案前道："沧弈，你闭上眼睛伸出手，我要送你一份礼物做答谢。"

沧弈"哦"了一声，饶有趣味地看着我，旋即伸出右手闭上眼睛。我趁机把头发系在他手腕上，余光瞥到他今日写的婚书，真奇怪，这次他写的居然不是"长发绾君心"了。

"结发为夫妻，恩爱两不疑。"

我看着婚书上的字喃喃自语，沧弈突然睁开眼，看到我系在他手腕上的头发。

"为什么今天换字了?"我指着婚书问他。

"一样的话写得太多,所以厌烦了。"沧弈看着手腕上的头发问我,"这是何意?"

"我怕你忘了我啊,只要你系着我的头发,变成凡人也能记得我。"我如是说。

我抢过他手里的笔,又说:"还有啊,我已经学会写字了,你看。"说着,我抓过一帖婚书当纸,一笔一画写出"素绾"两个字,"你看看,是不是和你写的一样漂亮?"

沧弈摇摇头:"俊秀有余,却无风骨。"

"什么俊秀啊风骨啊,我只要写出别人认识的字就行。"我把婚书翻过来,指着"结发为夫妻"道,"还有,这句话我也看得懂。"

"哦?几日不见,你竟然这般长进?"沧弈逗我。

我赶紧点头:"是啊,这是苏武作的诗句,是写给他妻子的。"我啧啧嘴,有点疑惑,"沧弈,到底是什么样人才能做夫妻呢?"

"两情相悦,便是夫妻。"沧弈站起身,踱步走出枢云宫主殿。此时已是深夜,偶有清风徐徐,吹得他衣袖翩飞。

"若是两情相悦就可以做夫妻,那世间为何还有这么多错过?"我跟着他走出去,继续追问。

这次沧弈没有回答我,他只是默默抬头望天,良久,才缓缓道:"明日便要渡劫了,天上一日,凡间一年,不知又要有什么样的故事发生。"

我跟着他抬头看天,夜幕中隐约可见几颗极其微小的星星,并不十分好看。

"带你去天河，走不走？"他回过头问我。

"走走走！"我喜笑颜开，当即从后面给他一个熊抱，"咱们现在就去吧。"

我抱着沧弈的时候，并不知采星就在庭院的一角看着我们，恰如这片夜幕下细小的星星，借着月亮的光芒洒下清辉。

七月流火，秋意渐凉，天河光芒比那日去魔界时更甚，也更美。我只顾着自己玩得开心，回过头时才看到沧弈默默站在不远处，他这般沉默，眼中似乎有化不尽的哀愁。

很久以后我才知道，他不过是洞若观火，早就看透了这个骗局。

"你怎么了？"我跑到他面前，问他，"你笑都不笑，是不是不开心？"

沧弈嘴角轻轻勾起一丝笑来，然后道："我问你，倘若那片鳞不是桦音的，你还会不会这么宝贵他？"

这问题忒难了些，我想了想，而后重重点头："会！"

"为什么？"沧弈问。

我也说不上为什么，只是我与桦音相伴了一千七百年，日日夜夜，岁岁年年，眼里是他，以至于心里都是他。

"你不开心的样子和他很像。"我答非所问。

"我给你讲个故事吧。"我拉着沧弈在天河的一块礁石上坐下，"这个故事原是桦音讲给我的，你权当听个笑话就好。"

这个故事说长也长，说短也短。

追溯回最初,也只是一千七百年前的事。

天界有一个小男孩,他的父亲是三界最位高权重之人,他的母亲则是佛祖座下一只玄鸟,这样尊贵的血统,偏偏生出一条巴蛇,自然,这巴蛇就是小男孩。

在诸位仙家看来,巴蛇比不上青龙英勇,比不上朱雀秀丽,他们说,蛇就是蛇,永远是上不得台面的野兽。小男孩在这样的流言蜚语里长大,久而久之,就连他的父母也开始厌恶他,好像"巴蛇"两个字是一个长在脸上的烂疮,若是不去触碰,自己也会无故地疼起来。

日子一久,小男孩变成少年,他告诉自己不必为这些琐事烦扰,他告诉自己,只有变得更强,他才能赢得所有仙家的尊重。自那以后,他好像天不怕地不怕,无论是杀凶兽,还是平动乱,他身先士卒,战无不胜。直到仙家再无一人敢说"不",直到他受封成为四大仙君之首。

可是他心里知道,蛇就是蛇,永远比不上龙,比不上凤。

某次红鸾司仙娥下凡,带回几只凡界的小动物四处分发,有兔子,有喜鹊,还有一尾浑身白色,只有头顶红红一块的锦鲤。织女带走喜鹊,嫦娥二话不说选了兔子,临走时还笑道:"浑身惨白惨白的,哪有这么丑的锦鲤。"

少年碰巧路过,便讨走这尾丑陋的锦鲤,千百年来,豢养在自己宫中的池子里。

"只有我知道,锦鲤和少年,其实是一样的人。"

我说:"如果我不爱他,那他就真的一无所有了。"

良久的缄默,见沧弈无言,我又道:"我要与他做夫妻,这样就可以生生世世陪着他。"

"你与他的情，是什么情？"沧弈注视着我，那双眼睛仿佛要将我看透。

我摇头："情就是情，哪里分出这么多。"

我以为他会像往常一样，骂我"粗鄙小仙见识浅陋"，可他没有，他只是叹了口气，道："总有一日你会懂。"

"明日洗魂台见。"他转身离开。天河的风吹着他，显得那般背影单薄，这次他真的没有等我。

我将虞美人放在枢云宫，第二日天微微亮，我来到洗魂台，却只见采星站在那儿发呆。

"沧弈呢？"我四处不见他，"他不会这时还没起吧？"

采星看着洗魂台道："主上已经走了，他让我在这里等你，托我给你带一张字条。"

她说着，从袖中摸出一张字条，我展开看，唯见两行小字："长发绾君心，幸勿相忘矣。"

——"你与他的情，是什么情？"

——"总有一日你会懂。"

"主上说了什么？"采星问我。

我笑着看她，道："他说，天寒加衣。"

旋即，我把字条扔进洗魂台，随即俯身一跃，堕入凡尘。

这段时间的故事好像一场大梦，我虽然初次入世，却不傻不呆，又不是铁石的心肠。沧弈对我种种的好，我都看得见。只是让我抛下桦音

而去，我实在做不到。

恩情又如何？爱情又如何？我欠了一个，便要还一个。趁我还没爱上他，不如就这样装瞎装聋，兴许沧弈知道这一切都是无用功，自己就会放弃呢？

"恩公，你放心，我会对你好的。"我说。

俗世戏 第三卷

　　做仙有做仙的乐趣，做人自有做人的惬意。我因为保留了在天界的记忆，所以更觉得在人间的自由弥足珍贵。

　　或许是冥冥中得了天意的照拂，我出生于邺城富可敌国的安和侯府，而老侯爷多年膝下无所出，年逾四十才有了我这一个女儿，自然从小将我视作心尖肉、掌中宝。更让他欢心的是，我小小年纪便展现出来超越同龄人的早慧。

　　七年来，我带着天界的记忆，从襁褓小儿至总角髫年，我无时无刻不想着桦音。

　　说到这儿，我必须要抗议：我最不满的就是凡间对女人严格乃至苛刻的要求，譬如我阿娘，侯府大夫人，从小教育我要以女子大门不出二门不迈为荣，况且侯府禁卫森严，说来可悲，在凡间这七年来，我竟然一次大门都没出过！

　　我常常坐在高高的屋檐上眺望邺城，看远处的街市熙熙攘攘，和鹿城一般热闹非凡，我幻想自己会在什么时候，什么地方与桦音相逢。

　　在凡界，我见过数以千万的花卉，蔷薇、玫瑰、百合、牡丹，它们虽然颜色不同，模样却如一的娇嫩可人，遗憾的是，我从未见过通体赤红的虞美人。

　　果然此花只有魔界独有，瑶歌诚不欺我。

"大小姐，上面危险，您快点下来！"不知过了多久，我突然听到丫鬟绘春站在院子里唤我。

想想也是，一个七岁的小女孩趴在屋顶上，在常人看来的确是十分危险且疯狂的行为。

我叹了口气，顺着梯子往下爬，一边爬一边道："别喊了，别喊了，我这就下来！"

绘春看我耷拉着脸闷闷不乐，劝诫道："大小姐，可怜天下父母心，您也要体谅老爷啊，这世人但凡有家有业的，怎么舍得下心让儿女出家求道呢。"

"况且，"绘春唉了一声，"况且这世上哪有什么神啊仙啊的，不过是书生杜撰而已，怎么偏偏您当真了。"

"你怎么知道这世上没有神仙？"我双手叉腰，目光炯炯地看着绘春，小声道，"告诉你个秘密，我就是下凡渡劫的神仙，此番来到你们人间，是为了寻我恩公的。"

绘春沉吟片刻，随即伸手摸我脑袋，自言自语道："也不烧啊，怎么今天又说起胡话来了。"

罢了罢了，这些凡人肉眼凡胎，不信也罢。我颇为无奈地看着她，顺势坐在石桌旁问道："你突然找我所为何事，是不是阿爹又有什么话要转达？"

"大小姐您怎么不记得了，今天可是您的生辰。"绘春在我身边坐下，接着道，"老爷让我问您想怎么过。"

我趴在桌子上悠悠地叹息，而后轻飘飘道："像往年一样，傍晚时

挂个花灯弄些点心,请戏班子唱一出昆曲就成。"

"好嘞!"绘春得令,旋即乐颠颠地跑出我的小院,不消想也知道,她肯定正庆幸我没像往年一样,提出"逛街"或者"出家"这种听起来就很无理的要求。

这得猴年马月才能找到桦音啊,我简直快抑郁了,恐怕他等不及我报恩,早就渡劫成功飞升回天界了。

"情双好,情双好,纵百岁仍嫌少。但愿此生终老温柔,再不羡仙乡……"

台上的戏子咿咿呀呀唱着《长生殿》,杨玉环泪眼婆娑,唐明皇悲痛欲绝,我却在台下看得直打瞌睡。

我实在不懂,为什么一群浓妆艳抹的戏子要围着我这个小孩唱《长生殿》,也罢也罢,我转念一想,他们哪里是唱给我听呢,黄口小儿不知事,不过是讨好我身后的老侯爷和大夫人罢了。

侯府正堂挂满了五彩斑斓的花灯,照得大院亮如白昼,老侯爷笑眯眯地问我:"宝贝闺女,一切都是按照你的意思办的,可还喜欢?"

"点心清甜可口,花灯光彩夺目,素绾喜欢得很。"我自顾自拿起一只苹果啃了两口,然后微微皱眉,"爹爹,我唯独不喜欢这出戏。"

"你喜欢什么戏,这就让他们换!"见我面色不喜,老侯爷一挥袖子,对着台上的戏子道,"唱的什么东西,还不赶紧换一出!"

看看,什么叫捧在手里怕摔了,含在嘴里怕化了。

我脑袋一歪,吩咐下去:"不必忌讳旁的,就挑你们班子里唱得最好的段儿，我要听最好的，你们可懂？"

台上的戏子你看看我，我看看你，旋即会意地朝着弹小曲儿的人递了个眼色，便又咿咿呀呀地唱起来：

"淅淅零零，一片凄然心暗惊，遥听隔山隔树，战合风雨，高响低鸣。"

"一点一滴又一声，一点一滴又一声，和愁人血泪交相迸……"

"停停停！"我从椅子上跳下来，走到那位"唐明皇"面前，讽刺道，"你这词儿也太矫情了些，不过是死了一个妃子，堂堂皇帝竟如此小家子气。"

"唐明皇"弓背哈腰道："您说的是，您说的是，小的也以为这段不妥，不知您想怎么改？"

我想了半天，到底还是吃了没文化的亏："得了得了，别改了，你接着唱吧。"

"唱唱唱！""唐明皇"略一捋胡子，"没听到大小姐的意思吗，接着唱！"

话音未落，突然一阵怪风吹来，那"唐明皇"便定格在捋胡子的动作上，我看旁边的闲杂人等也都定在原地，连花灯都倾斜着不再摇晃，台下偷吃橘子的，嗑瓜子的全部一动不动，看起来怪滑稽的。

"我说怎么找不到你，原来在这儿躲清闲。"有人从背后捂住我的眼睛，"猜猜我是哪个？"

这个声音，我一听就认得出，便抓着她的手顺势转过身："瑶歌，你又不是小孩子，怎么还玩这些无聊的把戏。"

"我这不是怕你记我的仇吗!"瑶歌戳戳我的脸蛋,蹲下与我平视,"你不生我的气啦?"

"我又不是小孩子,再说,你也没有真的伤了我。"我道。

瑶歌突然"咦"了一声:"不对啊,你不是正在渡劫吗,怎么还记得我呢?"

"秘密。"我食指点唇,"你少问就是。"说罢,我回到案前拿了两个橘子给她,"尝尝吧,这东西魔界可没有。"

"我不是来蹭吃蹭喝的!"瑶歌嘴上虽然这么说,双手却十分诚实地扒了橘子皮,狼吞虎咽地吃了两个后,伸手自己又拿了一个,"我这次来啊,是来找我家世子的。"

"世子?你说……沧弈?"我瞠目结舌。

"是啊,还能有谁?你不是知道这件事吗?"瑶歌又拿了一个橘子,不好意思地朝我笑了笑,"不怪我嘴馋,这小东西的确挺好吃的哈!"

"如果不是魔界出了大事,我是万万不会突然来找世子的。"瑶歌拽了一张椅子坐下,十分无奈道,"界主寿元将尽,魔界群龙无首,我急着让世子回去继承大统呢。"

我实在不忍心看这个傻丫头失望,就实话实说:"瑶歌,沧弈真的不是什么魔界世子,你还是去别处找吧。"

"我才不管呢,我认定是他就是他。"瑶歌表现出了让我难以理解的执拗,"我看出你命格中注定与他相遇,所以只要我在你身边守株待兔,就一定能等到世子出现。"

"守猪待兔？为什么要守猪，莫非我是猪？"我十分不解。

瑶歌嘴角抽了抽："素绾，你这文化水平实在不怎么样。"

瑶歌把头探到我面前，神秘兮兮道："当务之急是，你要赶紧找到一个理由把我留在侯府，留在你身边。"

我"喊"了一声："这还不简单，来来来，你现在把法术解开，我这就让你留下。"

我上下打量瑶歌的衣裳："不过你这衣服也该换一身，你这么穿，凡人会以不守妇道为由，然后用唾沫淹死你。"

瑶歌"哦"了一声，然后一挥衣袖，换了身和我差不多的青色襦裙："这回呢？"

"不错，不错。"我连连点头。

随后瑶歌解了术法，院里的人又恢复如常，老侯爷看到我面前突然站了这么一个丫头，自然吓个够呛。

"爹爹，我想让她做我的丫鬟，就让绘春去您院里干活吧。"

"可是……"老侯爷沉吟了一下，"这丫头来历不明……"

我挤出两滴眼泪，装成寻死觅活的样子在地上打滚："不行不行，我就让她当我的丫鬟，别人我看着就烦，我要她当我的丫鬟，我就要她！"

瑶歌被我吓得脸都绿了，我表示理解，毕竟她在魔界随心所欲，哪曾见过这架势。

老侯爷赶紧连连答应："好好好，你让管家带她登记造册，这就把她拨去你院里。"

"为何你一打滚，那男人就答应让我留下了？"走的时候，瑶歌拽

着我的衣袖小声问。

我面露难色："其实凡人的感情我也不太懂，只知道我刚才用的术法叫'撒娇'，对别人使不知道效果，对我这个爹爹一向很好用。"

瑶歌挠挠脑袋："我第一次来人间过日子，好多不懂的，这回可指着你教我了。"

别看瑶歌在魔界架子大得很，实际上也像小女孩一样爱玩爱闹，正所谓一丘之貉臭味相投，我俩在一块的日子自是十分潇洒快乐。

更让我开心的是，我虽然没了仙术，但是瑶歌会啊！回到房里，瑶歌将两个枕头变成我俩的模样，带着我光明正大地上街闲逛。

此时正值夏六月，街上闲人甚多，秦淮河两岸是酒家招揽商客的灯火，长长的街市蜿蜒至我看不见的尽头。我见有货郎挑着担子卖糖葫芦，便买了两根分与瑶歌，听她道："我看你在人间也挺快乐的啊，那么多人宠着你爱着你，尤其是你那个爹爹，事事都由着你胡来。"

"我倒没觉得怎么好，"我咬碎糖葫芦的糖衣，嚼了一颗山楂后，又道，"凡人的感情我不太懂，你也知道，我不过是一条锦鲤罢了，无父无母的。"

"身在福中不知福。"瑶歌撇撇嘴，"你现在啊，不仅有父亲母亲，还有凡间这吃不尽的珍馐佳肴。"

我摇头："你只看到好的了，殊不知，做仙做魔有三界的规矩，做人自然也有做人的要求。"

我幽怨地叹了一口气："也不知道什么时候能找到恩公。"

瑶歌"嗨呀"一声："别想了，就算你要找的人不出现，我也会亲自带你去找他的。"

说罢，她抬起手，半空中便幻化出一个罗盘："你看，你的命格上原原本本写着，戊戌，会故人。"

"赶紧收回去啊！"我慌忙用手把那个罗盘扑灭，"瑶歌，你在凡间这样会被当成妖物抓走的。"

瑶歌耸耸肩："我本来就是妖啊，还怕凡人说什么。"

"我不是和你说了吗，仙魔有仙魔的规矩，凡人有凡人的要求，你要记住你现在是个凡人，所以，以后不许再用这些法术了。"我一脸严肃地看着她，"你可明白？"

"明白，明白。"瑶歌借着身高优势抚摸我的头，"现在呢，你是我的主子，我是你的丫鬟，你说什么我就听什么，对不对？"

我点头如小鸡啄米："对对对，就是这个意思。"

"对了，你刚才说你是妖。"我眼珠一转，喃喃道，"我是锦鲤，沧弈是龙，桦音是巴蛇，那你是什么啊？"

"我是讹兽。"瑶歌好奇地看着手里的糖葫芦，左戳一下右戳一下，"小素绾，这东西怎么吃，从中间咬还是从头咬。"

"讹兽？"我看她，"我怎么没听说过？"

此时碰巧有人提着两只兔子从我们身边路过，瑶歌便抓着我转身，盯着人家道："和那个人手里的小兔子差不多，只不过我身上有花纹，而且比它漂亮点。"

"那不就是有花纹的兔子吗？"我颇为不屑。

"乖乖，你一个锦鲤居然嫌弃我，我好歹也是上古神兽好吧？"瑶

歌索性和我互相嫌弃。

我双手环胸:"行,姑且算你是上古神兽,那你有什么特殊技能啊,比如喷火吐水御风什么的。"

"要真说技能的话……"瑶歌想了想,"说谎算不算?"

我听得一个头两个大。

"我们讹兽天生就会说谎,而且不管说什么别人都会信。"瑶歌说到这儿,突然颇为失望地道,"不过我就不行,我应该是三界里唯一不会说谎的讹兽了。"

"为什么?"我诧异,"本来就和兔子一样又小又弱的,好不容易有一个说谎的技能,还让你退化没了?"

"什么退化啊。"瑶歌看着前面的一团虚无,有点失落地说,"是世子不许我说谎,他说,只要修为足够强大,那么我就没有说谎的必要了。"

我道:"听你这么说,看来这魔界世子人还不错。"

听到我的夸赞,瑶歌赶紧点头附和:"当然,我家世子为人坦荡,比九重天上的神仙还讲诚信。而且,现在我足够强大,再也犯不上说谎,自然有一说一有二说二。"瑶歌在秦淮河的码头处站定,偶有船家撑篙泛水,灯火将粼粼波光倒映在她眼中,看起来那般清澈动人。

她应该是喜欢着那个世子吧?我想。

"你放心,只要有我在,我一定能帮你找到你家世子的。"我道。

我甚至大胆地猜想,她和世子已经千百年未见,会不会真正的世子已经死了?可我又不忍心戳破真相,我想,既然她认定沧弈是魔界世子,那是就是吧,有一个希望可以追求,总比只剩绝望要好。

弹指一挥间,十年光阴如白驹过隙,我已是摽梅之年,却仍未见到桦音。

自然,也没见到沧弈。

"别睡了,别睡了!"这十年来,瑶歌做我的丫鬟倒是越发得心应手,甚至已经敢进屋掀我被子轰我起床,"快点,咱们说好了今天去灵隐寺的。"

我抱着枕头,眼睛还没睁开:"沧弈不可能出家的,咱们今天就歇一天吧,明天再去不成吗?"

"不行,况且今天是上元佳节,灵隐寺人多着呢,咱们很有可能碰到世子殿下,你快跟我走!"瑶歌见我迟迟不起,随手掐了个诀丢在我身上。

我受了操控,便如木偶人一样,噌地从床上坐起来,随即乖乖地梳妆打扮。

"还是用特殊手段好办,小素绾,你怎么非逼我出手。"瑶歌给自己倒了一杯茶,顺势坐在梳妆台边督促我,"快点啊,早饭已经准备好了,咱们吃了饭就走。"

瑶歌又道:"还有,今天回来别忘了提醒我多买些橘子。"

"昨儿不是刚买的吗,你怎么又吃光了?你知道咱们院里一年要吃多少橘子吗,全是你一个人吃的!"我一边梳头一边怒吼,不经意间手上一用力,便生生拽下一缕头发,疼得我龇牙咧嘴。

"你还是多带些钱吧。"瑶歌死猪不怕开水烫,"你买也得买,不买我就施法叫你去给我买。"

我的老天,早知道十年前收她的时候,我应该先让她在我面前自废法术!

邺城在九州之南,靠海水,近蓬莱,所以气候温和。此时虽是初春,可秦淮河照常流淌,冬日里雪还是下的,只是天气不冷。

这已经是我们寻找沧弈的第十五天了。还记得十年前她见我命盘上写着"戊戌,见故人"。好巧不巧,今年正是戊戌年,以至于从除夕那天开始,瑶歌就没有放弃一丝能寻找到沧弈的希望,每天拉着我上山下河跑断腿,最让我抗拒的是,我俩这么努力,别说沧弈了,我俩就连一根毛都没找到!

要我说,这遇故人就是随缘的事情,如此刻意地找人,难怪人家不愿意上门。

"打扮得漂亮点,"瑶歌把我的首饰盒拿走,随手变出一朵鲜活的虞美人,"见我家世子怎么能戴这些俗物呢,喏,给你们俩定情用的。"

"大姐哎,你想得还真多!"我无奈地叹了口气,把虞美人代替钗子别在发间,"行吧,反正今天也不一定能见到,就遂了你的心意吧。"

我俩借着拜佛的名义出了侯府,可惜天公不作美,刚一进灵隐寺的门便下起雨来。

"这可是开年第一场春雨。"瑶歌手忙脚乱地把我拉到檐下,"快躲着,小心着凉。"

闻言，我大为感动："瑶歌，没想到你现在已经这么心疼我了，我还记得十岁那年我闹脾气不吃饭，你把我丢进秦淮河害我上吐下泻七八天。"

"我是怕你明天生病，就没办法和我出来找世子了。"瑶歌毫不留情地说出她的真实目的。

雨越下越大，风越吹越急，檐角悬挂的铃铎被风吹得叮当作响，我有点好奇地伸手摸摸那铃铎，然后问瑶歌："瑶歌，你知道为何这铃铎要做成莲花形吗？"

一柄伞突然遮在我头上，温柔地把雨丝隔绝在伞外。

"佛言四大皆空，而莲花清净超然，自是有超脱红尘，大道圆满之禅意。"

我忽地回过头，旋即愣在原地。

"沧弈？"我下意识地道。

"世子？"瑶歌又惊又喜，"瑶歌拜见世子殿下！"

沧弈身后的小厮便嗤了一声："什么世子，你们俩见了并南王不拜，反而直呼王爷名讳，又满口胡言，成何体统！"

我拽了拽瑶歌的衣角，随即恭恭敬敬地行礼："民女拜见并南王殿下，王爷千岁千千岁。"

"本王若活了千岁，那不成了老妖精了。"沧弈喝退一旁的小厮，看着我头上的虞美人，"这是什么花？我好像从未见过。"

"这是虞美人。"我将头上的虞美人摘下来拿给他看，心道这也算借花献佛，权当做了一个好人，于是接着说，"殿下若是喜欢，那就赠

予你吧。"

"殿下,雨停了。"那小厮指着外面,"咱们走吧。"

"不能走!"瑶歌见状,赶紧拦住沧弈的去路,"等等,你不能走!"

沧弈略一挑眉,面带疑惑之色:"哦?"

"我的意思是……"瑶歌退后两步,忽地把我推出来做挡箭牌,"我的意思是,殿下和我家小姐有缘得很,不如咱们一起走吧。"

"你干吗啊?"我暗暗"嘶"了一声,把她拉到一旁,"他如今可是王爷,你疯了吧,得罪了他,我还不全家死光光?"

瑶歌双手合十,眼光诚恳地碎碎念:"素绾,你帮我这一次,千万不能放他走。"

"倘若姑娘赏光,同游也未尝不可。"须臾,沧弈在我身后道。

瑶歌疯狂地给我递眼色:"喂,世子同意了,素绾!"

我深吸一口气,调整好表情,回过头盈盈一拜道:"殿下邀约,民女怎好推辞。"

骤雨初歇,空气都是潮湿的味道,但是很干净,很轻盈。

"殿下是否在邺城久居?"走出灵隐寺,我问道。

好歹我在邺城住了十七年,皇都之中,天子脚下,我怎么可能一次都没见过沧弈呢?

沧弈道:"我久戍边疆,十年来初次回到邺城。"

我点点头,这就对了,也不枉费这么久以来我找他耗费的精力。

他的目光又落回那朵虞美人上,好奇地问:"至于这种叫虞美人的花,我戍边时未曾见过,邺城似乎也不见得有,不知姑娘是从何处得来的?"

"呃……"我不知怎么接茬。

瑶歌抢着道："这花是我家乡独有的，倘若王爷喜欢，我可以给您变出更多。"

说着，她就要动用术法，却被我一把拦住，我道："这花一枝独秀时才美，一大团簇拥着反而不好看。"

"此言极是。"沧弈看出我的不情愿，便不再往下追问。

我冲瑶歌使了个眼色，小声道："你平时最稳重的，怎么一看到沧弈就这么莽撞！"

"我……"瑶歌叹气，"我是想让他快点想起来，好早些带他回魔界。"

想起来？想起来他就更不能回魔界了！这么一想，我更觉得拦着瑶歌很有必要，便把她拉到离我更近的一侧，道："从现在开始，记住你是一个凡人，除非性命之虞，否则绝对不可以动用术法，明白吗？"

顿了顿，我又道"如果用一次，我就立刻回去，你自己去找你的世子，看看他会不会把你当成疯子！你总不希望把一个凡人抓回魔界吧？"

瑶歌权衡利弊，终于很勉强地点点头："那好吧，暂且都依你。"

"这就对了。"我欣慰地点点头，"你放心，我会尽我所能拖住他的。"

说实话，对于沧弈突然变成王爷这件事，我实在有点接受无能。如今身份悬殊，我又不敢像以前一样在他身边造次，只能故作沉稳，生怕说错做错什么。

我余光一瞥，忽见他左手手腕上有一道极细的红印，便联想起那日在枢云宫我系在他手上的头发，莫非他真的携着我的头发跳下洗魂台了？

我故意问他："我看殿上手腕上的印记，可是征战时留下的伤疤？"

沧弈闻言，看了一眼手腕，玩笑道："这是自小带着的胎记，我想，或许是前世哪位有缘人系的红线吧。"

"她系的不是红线，是头发。"我抿嘴偷笑。

"姑娘似乎对我很了解，适才我还听你唤我的名字。"沧弈问。他突然侧过头看我，目光一如往日那般深邃、撩人。

我慌乱地避开他的眼睛。不不不，我才不了解王爷殿下，我了解的是枢云宫的那位仙君。

"或许我就是你前世那位有缘人吧。"意识到失态，我回头冲他笑了笑，答非所问道。

"不知姑娘芳名？"他问。

我道："素绾。"

"这倒像一条鱼的名字，"沧弈笑道，"白则素，红则绾，这又红又白的，可不就是一尾养在水里的锦鲤。"

他又说："长发绾君心，既如此，我便叫你阿绾吧？你也不用一口一个王爷殿下，直呼我沧弈即可。"

是啊，白则素，红则绾，这是他给我起的名字。

长发绾君心，这是我成人后学会的第一句诗。

他不记得我，他一定是不记得我了。这样反而更好，不如就从头开始吧，让沧弈喜欢上一个凡间的女子。我希望他喜新厌旧，我想，我一定会由心而发地祝福他，我会在他与那女子成亲时奉上大片的虞美人，然后为他们祈求长长久久，共赴白头。

"殿下，你看前面多热闹！"小厮指着不远处的一桩茶楼。

我顺着他手指的方向看，只见一大群男男女女站在茶楼前观望，再走近才看清，原来是一帖告示，上面明明白白写着：

以棋会友，顶楼设雅室一间，诚邀各路英才对弈。可胜一场者，赏金百两；胜两场者，赏银十两；胜三场者，余愿亲手沏茶，共与阁下坐而论道。

"这人怕不是个傻子吧？"瑶歌好像怀疑自己看错了，"赢一局赏百金，赢两局赏十两银，赢三局才给一杯茶？他是不是写反了？"

"这个设局的，现在应该已经赔得倾家荡产了吧？"小厮自言自语。

旁边有看客摆摆手，道："小哥你这话说得忒轻松了，我在这儿看了一上午，还没有一个能拿百金出来的人呢！"

沧弈闻言，笑道："有趣，实在是有趣。"

他又说："阿绾，可愿与我上楼看个热闹？"

我一口答应下来："走吧，正巧我也想看看，这位设局人到底有多大的能耐。"

沧弈上前两步，抬手撕了那告示，转身看着茶楼门口的褐衣小童："带我去见你家主人，还有，门口这些看热闹的一并哄散了吧。"

"为何哄散？"小童面带疑惑，"莫非您觉得能胜过我家公子？"

沧弈便不再说话，看他这副趾高气扬的模样，果然还是我认识的那

个天界里洒脱放肆的沧弈仙君。

茶楼不大，却胜在布置得清幽雅致，我随那小童上了二楼，又转进天字一号房，复行近十步，这才看到一扇画着翠竹怪石的屏风。屏风一侧则燃着熏香，散发出淡淡的兰花气味。

"这人怎么故弄玄虚。"我啧啧嘴，"这样大的来头，莫不是皇亲国戚？"

沧弈摇摇头示意我住口，而后朗声问道："公子若不露面，如何比试棋艺？"

屏风后传出一个清澈干净的男声："你尽管对弈便是，自有小童为我传话。"

"你们两人对弈，我实在显得多余。"我道，"不如这样吧，不必劳烦小童传话，就由我顶替他，如何？"

"姑娘愿意代劳，自然不胜欢喜。"屏风后的人又道。

话音刚落，便有人上前摆好棋盘，由我代为落子。说实话，我并不精通博弈，只是能看懂些许罢了，但我清楚地感觉到，约莫一炷香的工夫后，屏风后那人落子已经越来越慢。

"双关似铁壁，公子，你输了。"沧弈将黑子放置在天元处，微微一笑。

屏风后的公子处变不惊："可愿再博一局？"

沧弈自顾自收了黑子："自然。"

这次还未到一炷香的工夫，沧弈便朗声道："黑九四沾，十面埋伏，公子又输了。"

我看得眼都直了，心道这沧弈竟然这么厉害，果真是深藏不露。

"三局已两胜，我本应心服口服。"屏风后的公子道，"可是世上无常事，背水一战，难保不会赢。"

"公子所言极是，兵家输赢，还要最后见分晓。"沧弈似笑非笑，"那便再来一局。"

"那便再来一局。"屏风后的公子哈哈大笑。

这一局便不似之前那么简单了，屏风后那位公子落子飞速，几乎不给沧弈思考的时间，这一局从午后直至黄昏，终于，我见沧弈伸手拂去棋子，淡淡道："提子开花三十目，此为迷仙阵法，我输了。"

我吁了一口气，不知道说什么，这一局输了，前两局便都不作数，兵家输赢，果真是最后一局才定。

"千金易得，知音难求，由我亲自为两位奉茶。"那人道。

小童便上前两步，推去那扇屏风，屏风后仍隔着一层薄薄的纱帘，我影影绰绰见那人一身素衣，仿佛谪仙似的。他站起身，伸手拂开雾一样的帘子，此时我才看清，这哪里是别人，分明是我心心念念寻找的恩公，桦音！

"恩公！"我惊呼出声。

桦音略一皱眉："这位姑娘认得我？"

"我是素绾，我是你离香池的锦……"说到这儿，我慌忙捂住嘴。完了，他现在是凡人，怎么可能记得这些陈芝麻烂谷子的旧事。

"我见姑娘眼熟得很，"他笑了，复又抬头看到沧弈，忽然就变了神色，"王叔，怎么是你？"

王叔王叔，顾名思义，看来沧弈不只是王爷，还是桦音他叔。

原来桦音是太子爷啊，怪不得从来没见过。我了然地点点头，旋即看看沧弈，又看看桦音，乖乖，这两人明明是一样的年纪，怎么辈分就差这么多呢？

由此可见，皇室内部实在混乱，也不知先皇多大岁数才有了沧弈这个儿子。

"桦音贤侄好雅兴。"沧弈自顾自落了座，沉声道，"若是你父皇见到，定然又要骂你不务正业。"

桦音为我俩奉上香茶，道："王叔只要不告侄子的状，自然没人知道。"

我见气氛微妙，赶紧转移话题："这茶好香，不知是哪里得来的？"

"只是一般的香片，不过这水就有讲究了。"桦音说话轻轻柔柔的，仍是在天界时温润如玉的仙君模样，"煮茶的水是我几日前收集的新雪，所以喝起来格外清冽。"

其实我根本品不出茶好不好喝，只因为是桦音给的，所以定然不是什么次品。

"这位姑娘是……"桦音目光看向沧弈。

我赶紧抢在沧弈开口前回答："我是安和侯府的大小姐，名叫素绾。"

桦音见我这副生龙活虎的模样，竟不自觉偷笑，半响，又道："原来如此，安和侯一向老成稳重，没想到有一个这么古灵精怪的女儿。"

起初我觉得他是在夸我，可是想了想又感觉不太对，正要反驳，就见瑶歌提着裙摆匆匆上楼找我,道:"素绾,咱们该走了。"

"我……"我恋恋不舍地看着桦音,"瑶歌,我……"

瑶歌抬眸见到我身边的桦音,神色变了又变,匆匆忙忙把我拉到一边:"夫人今晚要你和她一同赏灯,莫非连这也忘了?"

"可是……"我还是不愿走。

瑶歌才不管这么多,匆忙给沧弈行了礼:"王爷见谅,我要带小姐回去了。"之后也没等沧弈说话,拽着我就走。

"你到底怎么了?为什么这么急着走?"出了茶楼又走很远,我终于拽住瑶歌,"是不是出了什么事?"

瑶歌叹了一口气,终于沉声道:"魔界界主刚刚殒身了。倘若我再带不回世子,魔界定要大乱。"

"你总不能杀了沧弈吧?"我晃了晃她的身子,"还有,沧弈真的不是魔界世子,他是天界的仙君,你快去别的地方找世子吧。"

瑶歌的瞳孔忽然变作血红:"我说是他就是他,你一个小小仙娥知道什么!"

我见她模样骇人,又怕她真的动手杀我,便咽了口唾沫,再不敢多说一句,只能怯怯问道:"那咱们接下来怎么办?"

"我不能以外力中止渡劫,只能等他历经凡人的生老病死。"瑶歌眸中的颜色恢复如常,语气也平复了许多,"我怕有人在渡劫期间对他不利,所幸现在已经知道他的身份,想保护他也不难。"

她道:"先与我回府。如今只有兵来将挡,水来土掩。"

我道:"还有,我今日找到我家恩公了。"

"你是说桦音仙君？"瑶歌问我。

我点头："是啊是啊，他就是我的恩公，我找他这么久，终于让我寻到了。"

"为何叫他恩公？"瑶歌又问。

"你不是见过我内丹中的鳞片吗？"我喜气洋洋道，"那鳞片原是恩公赏我的，我能化成人形，全靠这一片鳞的恩情。"

瑶歌便不屑地"喊"了一声："看你这副欢欣雀跃的模样，我真是懒得打击你。"

"你有什么可打击我的。"我往她身边凑了凑，"说说，说来让我伤心伤心。"

"幼稚。"瑶歌故意板着脸。

说话间，我俩已回了侯府，迎面便有丫鬟扑上来："小姐，你怎么这时才回来，夫人还等着您哪。"

"不就是赏灯吗，这天都没黑呢，着什么急。"我被她们簇拥着回了小院，忙着让她们侍候我梳洗。因为今日寻到恩公格外开心，我自然多给了丫鬟几个笑脸，又如她们愿换了新裁的春衣。

"邺城姑娘千八百位，我看谁也比不上咱家小姐。"有丫鬟故意讨好我。

"对了，你们可知道当今太子？"我问她们。

丫鬟多嘴多舌道："知道知道，听说太子貌柔心壮，音容兼美，是世上难得的俊男子呢！"

又有人道："传言宫中已经在选太子妃了，凡是邺城适龄女子皆可入宫参选。"

"是吗?"我问,"在哪儿选秀?"

"初选在东华门,每天都有女孩子去,听说入选与否都有赏银呢。"那丫鬟又道,"不过小姐还是不要打听为好,您是大家大户,没必要与那些女人共争一个夫婿。"

意识到失态,我淡淡"嗯"了一声,终于不再追问。

面前的镜子映出我的脸,也映出外面绯红略添黛色的黄昏景色,织女此时又在织锦云了吧,我想,也不知桦音何时能想起我,何时能与我一起回天界。

夜幕终于降临,整个邺城也陷入盛大的狂欢,秦淮河两岸挂满各式各样的花灯,水中亦有河灯顺水漂流,火树银花在半空中炸开,繁繁点点,光华灿烂亮如星子。

"绾儿,你今年也满十七了。"我搀夫人在秦淮河岸赏灯,听她忽然道,"在邺城可有中意的夫婿?"

我脑中满是桦音,便半开玩笑地说:"我看桦音就很不错。"

夫人倒吸一口气:"说什么胡话,那是当今东宫太子,可是咱们安和侯府高攀得起的?"

原来人人都知道桦音是东宫太子,只有我不知道而已。

"太子难道没有选秀吗?"我问,"我明明听说在东华门选秀,难道是讹传?"

"宁做大家妻,不做皇家妾。"夫人叹气,"我与你爹早有商议,以他看来,并南王沧弈倒是不错的人选。"

"沧弈？"我差点惊掉下巴。

真是孽缘，这天上地下的，我怎么就逃不了他了呢？

夫人点点头："并南王久戍边，听说近日已经还朝，与你爹见了几面。"

"停！"我赶紧打断她，"娘，咱们说点别的吧，我还不愁着嫁人。"

"你这孩子，从小便与别人不同，莫非连成亲也不要了，直接出家做比丘尼？"夫人训斥我，只是语气轻轻柔柔的，她本是大家闺秀，一向习惯了这样和声细语。

我吐了吐舌头和她撒娇："要我做尼姑还好，只是做并南王妃，实在不行。"

"你这孩子……"夫人摇头。

我抬头看烟花，却见远处城楼上矗立着一个熟悉的身影，虽然远远看不清楚，但是我分明感觉得到，他的目光就这么直接落在我身上。

"火树银花不夜天，谁家娇儿卧船眠，忽而大梦一时醒，几分辛苦几分甜……"

我搀着夫人正要走，却见远处来了一个泼皮癞子，拄着拐杖疯疯癫癫，径直朝我们走过来。他一边走，口中一边念念有词，终于来到我面前，道："这位夫人，我看您家小姐命格不凡，可愿让我为她算上一卦？"

"谢先生美意，只是算不算这卦，还要小女亲自定夺。"夫人将目光看向我，征求我的意见。

我见他并无仙骨，可知是个寻常凡人，一个凡人要给神仙算卦，自然觉得十分有趣，便一口答应下来："你算吧，我也想看看你能算出什么。"

那癞子以拐杖点地，伸手在我头顶敲了三下。

"这第一下，愿姑娘早出囹圄，归乡成仙。

"第二下，愿姑娘看破无妄，另觅良人。

"这第三下，愿姑娘莫行不可行之事，莫为天理不能为之法。"

癞子说完便要走，而我听得迷迷糊糊，什么事啊法啊，却捉摸不透其中深意，刚要拉住他问个明白，谁知这人竟然化作一缕烟飞往西南方向。

瑶歌在我身后暗暗道："素绾，我总觉得这人似曾相识，我好像认得他。"

"咱们追上去看看不就行了。"我与她咬着耳朵，"他看似是个凡人，却一眼看透我的身份，可见这里面一定大有玄机。"

此时夫人突然轻咳两声："绾儿，时候不早了，咱们回府吧。"

我赶紧挽着夫人的胳膊撒娇，细声细语道："娘，我看那边有人卖杂货，我想和瑶歌去逛逛，不如您先回去吧。"

"也罢，你早些回来。"夫人知道拗不过我，索性不再争辩，便只能由着我的性子答应。

待夫人走远，瑶歌抓起我的手，掐了个诀朝西南方向跟过去。可是我们在一重天上寻了半天，连半个人影都没见到。

"真是奇了，我根本嗅不到那人的气息。"瑶歌若有所思，喃喃自语，"到底是什么人，居然有这么高的修为。"

一重天便是九霄云上，这地方凄清寒冷，而我穿得又单薄，没一会儿就把我冻了个透。

"阿嚏——"我打了个喷嚏，闷声闷气道，"既然寻不到，咱们还是快点回去吧，我都快冻死了。"

瑶歌哈哈大笑："你这凡人的躯体还真是不抗事，才一重天就禁不住了。"

见我冻得瑟瑟缩缩，瑶歌终于道："算了，查到查不到又如何，只要不会伤害我家世子就行。咱们这就回去吧。"

回到安和侯府，我果然得了风寒，病来如山倒，在接连吃了几天的苦药后，不仅病情不见好转，反而日渐坏了起来，最后终于到了日日昏睡起不来床的地步。

说来奇怪，我昏睡的这几日，总觉得有一个很熟悉的人日夜照顾我，喂我吃药，与我说话。我记得他的声音轻轻柔柔，那语调像极了桦音。

他说："这次我会娶你。"

他说："我与你的情，便是琴瑟欢好，结发夫妻之情。"

是恩公，只有恩公会这么温柔地同我讲话。我明明都听得到，却睁不开眼，也发不出声音，我原想伸手抓住他，却一次一次昏睡过去。

也不知道这样浑浑噩噩地过了几天，忽有一日大梦清醒，我突然就好了。

瑶歌正趴在桌上剥橘子吃，见我醒来十分欣喜地通知我："素绾，你马上就要嫁给世子了！"

我揉揉太阳穴，听得丈二和尚摸不着头脑，就不确定地问："嫁给世子，你是说，我要嫁给沧弈？"

"是啊，王府已经送来聘礼了。"她欢欢喜喜地说，"这样最好，我与你一起去王府，这样就能保护世子殿下了。"

我如遭雷劈，慌慌张张地跑出屋去看，果然，侯府上下已经布置妥当，喜绸铺天盖地横在我面前。

"什么时候的事？"我回过神问瑶歌。

瑶歌想了想："就是你病着的这几日啊，我们世子可是衣不解带地照顾你。"

顿了顿，她又道："也对，你病得意识不清，不知道也属正常。"

原来竟是沧弈，我还以为是恩公……

"不行，我不能嫁。"我赌气地坐下，冷冷道，"我要嫁给恩公，至于沧弈，要嫁你去嫁好了。"

"凡人最重父母之命媒妁之言，你愿不愿意都要嫁的。"瑶歌满不在意我的心思，又欢天喜地地剥起橘子来。

可是我嫁人了，恩公怎么办？我若是成了王妃，还怎么时时刻刻护着桦音？

想到这儿，我斩钉截铁地对瑶歌道："瑶歌，你有你要守护的世子，我也有我要守护的恩公，你应该最明白我的心思才对。"

瑶歌剥橘子的动作定格了一瞬，然后抬头问我："所以呢？"

"如果让你放弃世子，把你安排在另一个人身边，你愿不愿意？"我问她。

她果断地摇头："我这辈子只属于世子殿下，换了任何人都不行。"

"那我这辈子也只属于恩公,换了任何人都不行。"我说。

末了,我情真意切道:"瑶歌,我是真的爱他。"

瑶歌终于不再说话,好像过了一个轮回那么久,她轻声问我:"素绾,爱是什么?"

"就是你对世子那般。"我又回答,"就是我对恩公这般。"

"你错了。"瑶歌叹气,她放下手里的橘子,"但是从今天开始,我不会强迫你接近世子。"

她说完便走,一大盘没剥完的橘子扔在桌上,终于一个也没拿。

"这次我会娶你。"

"你与他的情,是什么情?"

我脑中来回反复地想着沧弈与我说过的话,还有刚刚瑶歌那句"你错了",我长久地琢磨着:爱,何谓爱?

生生世世相伴相守,是爱吗?纵然是毒药也让人甘之若饴,是爱吗?

那么,我爱桦音,爱他千年来在我身边研墨写字,爱他时不时用手指戳戳那条丑陋的锦鲤,爱他熬了那么多的苦却无知己,爱他赠我一片鳞。

我突然感觉自己是一个恶人,我明明知道沧弈于我的心思,却一次次享受着他的好,拿他般若元火时如此,夺梼杌之眼时亦如此,甚至动用禁术让他违反天条,仍是如此。

那么,就到此为止吧。

我想来想去,终于想到一个好办法。既然瑶歌想去沧弈身边,而我又一心希望接近桦音,不如让瑶歌代我进喜轿,到时生米煮成熟饭,一切问题自然迎刃而解。

听到这个主意,瑶歌倒没一口答应下来,而是思索良久,迟疑地问:"你确定这法子可行?"

"到时候盖头一遮,谁能看出真假,实在不行,你就易容成我的模样骗沧弈好了。"我道。

"我才不会欺骗世子殿下。"瑶歌瞪大眼睛看我,"不过你这方法的确可以试一试。我嫁给世子,那你呢?"

"我?我自然有大事要办。"我故意同她打哑谜。

第二日天蒙蒙亮,我便拎着行李来到东华门参加初选。早就打听得清清楚楚,大选期间,有几个宫中的嬷嬷日夜守在那儿,我虽然脑子不好用,但自认模样长相还是没问题的,果然在一众姑娘里脱颖而出,深得嬷嬷青睐。

临入宫的那天,邺城张灯结彩,热闹非凡,我清楚地听那个几个嬷嬷说道:"今日是并南王娶亲之日,听说王妃乃是安和侯府的大小姐。"

我站在城楼上往下张望,果然见沧弈一身喜服,骑着高头大马自街市行过，他身后是安和侯府接出的喜轿，轿中的人挑开帘子，又倏然合上。

"素绾姑娘，咱们得走了，宫里还有人等着呢。"嬷嬷带我下来，一边走一边碎碎念，"要说这并南王也是一表人才，只是不知这安和侯府大小姐其人如何。"

我想起瑶歌，她那么殷殷切切守护着她的世子，怎么可能是坏人呢。

"大约是个很好的人吧。"我说。

与我一起入宫的姑娘，虽然大多满心欢喜，但仍忧心于四四方方的牢笼生活。唯独我欢欣雀跃，恨不得快一点，再快一点入宫才好。

我等了这么久，终于可以突破微毫的距离靠近恩公，怎么能让我不开心？

我跟着嬷嬷来到东宫，这才被告知，桦音如今正在上早朝，而选秀尚要等一月后才进行，我与其他秀女被带到东宫储秀阁，首要大事是分配住所。

"这储秀阁又冷又潮，哪是住人的地方！"秀女中有人大声呵斥嬷嬷，"还不遣人打扫，若是稍有怠慢，别怪本姑娘不给你们好果子吃。"

我听这声音就觉得聒噪，回过头再一看，呵，还真是冤家路窄，这人不正是九重天上的纤月仙子吗，没想到她也一并来渡劫了？

"纤月姑娘息怒，奴婢这就去办。"嬷嬷低声下气地恭维她。

纤月反倒转手甩了嬷嬷一个耳光："还在我面前做什么，讨赏吗？"

反正也是在凡间，都是一样的人，凭什么她就高人一头？我二话不说，上前一步挖苦道："这位姑娘真是尊贵，既然嫌弃东宫破旧，那你还来选哪门子秀？"

顿了顿，我又道："看你呵斥别人时耀武扬威的模样，就算当了太子妃，可知也是德不配位。"

纤月冷哼一声："配不配又如何？实话告诉你，姑姑早已经应允我，这太子妃之位注定是我囊中之物，你们这些乌合之众，不过是给我做陪衬罢了！"

"素绾姑娘，您还是别招惹她了。"挨打的嬷嬷在我身后小声道，"这是当今皇后的侄女，镇国大将军之女，你惹不得啊。"

怪不得她如此嚣张，在天庭就靠着王母吆五喝六，没想到来到人间也是个关系户。我正想着有什么主意能好好整治她一番，没想到一个清冷的声音突然从身后传来："一进东宫就听储秀阁热闹得很，到底是出了什么大事？"

桦音？

我猛地回头，果然是他。他如今是这样风光，再不像之前那样无人疼爱，我粗略扫了一眼，仅是为他打扇的宫娥便有三四个。

桦音见到我，眼中流露出惊喜的神色。须臾，那目光又很有分寸地游离开，从我身侧穿过，滑落在纤月的身上，旋即了然地点点头，径直走到纤月面前，问道："怎么了？"

"就是她，小小的秀女不知好歹，竟然出言顶撞我。"纤月趾高气扬，"桦音哥哥，快收拾她给我出气。"

"就是你顶撞郡主？"桦音语气虽是责怪，眉眼中却满是笑意，"你可知罪？"

我不服气，哼了一声："民女愚钝，不知自己何罪之有。"

桦音走到我面前，居高临下地看着我，就在我以为难逃一顿斥责的时候，他忽地轻声嗔怪道："油嘴滑舌，真是该打。"

我一定是脸红了。

纤月不傻，自然能看出我俩间的暧昧，便退一步道："罢了，我也不愿与这小丫头争论。桦音哥哥，你饿不饿，不如咱们去用午膳吧？"

"你饿了？"桦音回头问她。

纤月点点头，故意撒娇："桦音哥哥，我天没亮就起来忙着选秀，早就饿得两腿发软了。"

"哦。"桦音吩咐一旁的宫娥，"还不快去给郡主准备午膳，傻站着做什么？"

"桦音哥哥不同我一起吃吗？"纤月疑惑地问他。

桦音故意说："我天亮了才起，所以不饿，既然你说你饿得很，赶紧跟着她去吃饭吧。"

纤月不悦地跟着宫娥离开。

一旁的姑娘见纤月吃瘪，纷纷掩嘴窃笑。桦音屏退一干闲杂人等，回过头看我，又道："至于你，顶撞郡主属实，该当何罪？"

"我本就无罪，何来惩罚？"话锋一转，我又道，"不过既然恩公要罚，那你就罚吧。"

"这样吧，"桦音略加思索，"那我就罚你不许选秀，怎么样？"

"不行。"我斩钉截铁地说，"我这次历劫，本就是要嫁给你。"

桦音愣了愣，忽然想起什么，厉声问道："不对，你今日不是要和王叔成婚吗，怎么会在东宫？"

"我不想嫁给沧弈,自然有千万种方法不嫁过去。"我关注的重点并不在这句话,又追问,"你刚才说不让我选秀,是真是假?"

"我是太子,说出的话便是诏令,怎么可能有假。"他一拂袖子转过身去,"不过,我可以允你留在东宫,只看你愿不愿意。"

我点头如小鸡啄米:"愿意愿意,我愿意得很。"

"那你就跟在我身边做个丫鬟吧,每天侍奉我更衣正冠,如何?"他问。

"可以,可以!"我忙不迭承应下来,生怕别人与我抢似的,"那是不是说,从现在开始,我便可以寸步不离地跟着你?"

"你若是不觉得累,怎么跟着都成。"桦音揉揉我的脑袋,"不知为何,看你总觉得眼熟得很。"

我与他相守相伴一千七百年,仅是气息便可分辨彼此,如何不眼熟呢?

日子这样慢慢地过,我本以为并南王府会闹一把大乌龙,没想到替婚的事在邺城竟没有一点声响,后来我才想通,或许在他们眼里,安和侯府的大小姐不过是一个代号,代表了并南王和安和侯结为秦晋,而轿子中坐的是瑶歌还是素绾,其实并没有人在意。

"你好像很喜欢叫我恩公。"某日清晨为桦音梳头时,他突然问我。

我哼哼哈哈地答应下来:"是啊,我来到你身边正是为了报恩的。"

"报什么恩?"他问。

我答:"一鳞之恩。"

"哦?"透过镜子,我看到桦音的眼睛盯着我,他面带不解,"何谓一鳞之恩?"

"前世,你是天上的桦音仙君,我是养在你宫中的一尾锦鲤。"我道,"你我其实已经认识一千七百年啦。"

桦音"扑哧"一声笑了:"你这故事编得有趣,若是掖庭那些后妃也有你这样编故事的能力,想必我父皇一定十分喜欢。"

"这哪里是编故事,"我故意扯了扯他的头发,听他吃痛地"嘶"了一声,我又道,"我可不说假话,你呢,是天帝之子,真身是一条巴蛇;我则是一尾凡间的锦鲤,被红鸾司仙娥带到九重天上,这才被你收养。"

桦音刚要说什么,突然有下人进来通报,说是皇后娘娘有令,请太子殿下即刻入宫。

"皇后?"我自言自语,"我只见过王母,还没见过皇后呢。"

桦音站起身,笑着道:"若是你觉得一个人无趣,可以随我一同入宫。"

"那当然好!"我上下打量自己的衣裳,"那我用不用换一身衣服,或者好好打扮一下。"

"你打扮得花枝招展,母后会认为你在勾引我。"他将手搭在我肩膀上,调笑道,"还是说,你本就揣着勾引我的心思?"

我赶紧摇头,仔细一琢磨,又点了点头。

"走吧。"

桦音说罢,迈开腿大步流星走在前面。我回过神儿,赶紧三步并作两步跟上去。

其实皇宫比起东宫并无不同,只是地方更大了些,颜色仍是一样的单调,也许是地方更大的缘故,莫名给人一种迷失感。

我隐隐感觉,桦音似乎不喜欢这里。

他走得很慢很缓,这与他平时的模样实在不符,而我又不敢跑到他前面,只有慢慢磨蹭在他身后,亦步亦趋,颇似一只刚刚学走路的蠢鸭子。

终于来到未央宫,还没进门,便有宫娥上前引我们二人入殿。桦音神色沉重,嘴唇紧抿,入殿前他小声对我道:"一会儿无论发生了什么,千万不可轻举妄动,知道吗?"

我赶紧示意他明白了,这才跟着他走进未央宫的殿门。

未央宫空荡荡的,唯见高位上一个极美的妇人,穿着烦琐且华丽的宫装,她半倚着楠木小榻,慵懒的抬眸,轻飘飘地问候道:"桦音我儿,近来过得如何?"

桦音略一点头:"托母亲的福,一切安好。"

他们俩实在不像母子,在我看来,反而是一对较着劲儿的暗敌。

"去看过你父皇吗?"美妇人啜了一口茶,又问。

桦音沉吟片刻,如实回答道:"未曾。"

那只茶盏从她手中飞出来,径直地、重重地砸在桦音额角,半盏没喝完的热茶洋洋洒洒地泼在桦音脸上。

我心疼得紧,只想把茶盏狠狠丢回那美妇人脸上,却记得桦音不许我轻举妄动,只能定定在一旁站着,什么也说不得,什么也做不得。

"儿臣知错!"桦音恭恭敬敬跪下叩头行礼,"儿臣这就去父皇宫中探病。"

"我叫你探的不是病。"美妇人理了理云鬓，说这话时，丝毫不遮掩眸中暴露的野心，"只有他死了，你才能继承大统，我也可母凭子贵，安坐后宫。"

我倒吸一口冷气，果然如书上所说：自古无情帝王家。这女人竟然连自己的丈夫都要算计，何谈生生世世相依相守？她一定是不爱他，那为什么要嫁给他？

凡人的事，实在太难揣测了些。

桦音重重点头："儿臣定不辜负母亲重望。"

我看他额角一块淤青，便知刚才那美妇人扔茶盏时一定用了很大的力气。我想桦音可真是好脾气，若我是他，管她什么皇后母亲的，一定得打回去才作罢。

之后是一阵漫长的死寂，漫长到我已经要打瞌睡，那美妇人才慵懒地挥挥手："你回吧。"

我与桦音往外走，一只脚已经踏出未央宫，终于听那美妇人长叹一口气：

"终究不如我的桓儿。"

桦音的脚步僵在这一瞬。

他愣了，眼中有稍纵即逝的迷茫，半晌，才回过神儿似的小声道："走吧。"

走出未央宫，我抓着他的袖子让他站定，终于心疼地揉揉他的伤口，小声问："疼不疼啊？"

"不疼。"他低下头，语气很轻很轻。

他那么高傲的人，在天界如此，在人间亦然，怎么可能喊疼呢？我意识到自己问了一句废话，便在手心哈了一口气，暖暖地捂在他额角。

"这样就好了。"我说，"我小时候爬树磕到头，我娘就是这样的，这样就不疼了。"

桦音心不在焉地看着我，好像是自言自语似的，他说："真好。"

"可惜我不通晓人的七情六欲，再怎么好，在我这里也没那么好了。"我如实回答。

"我是说你。"他终于看向我，那双眸子含情似水，"我是说，你很好。"

我想我应该又脸红了。

"皇后不是你母亲吗，为何对你这么冷酷？"我转移话题，"还有，她刚才说的桓儿，那是谁？"

"那是我哥哥。"桦音说，"他死了，在围猎场上，被我一箭误杀。"

我咽了口唾沫，实在不知道怎么为桦音开脱，只能木然地追问："那……你是故意的吗？"

桦音什么都没说，这时候的他突然让我觉得有些可怕。

"你都说了是误杀，那就一定不是故意的。"我干笑两声，"恩公这么好的人，怎么可能杀人呢……"

"如果我不是……"说到这儿，他突然停顿一下，终于又问，"如果我不是你想象中那么好的人，你还会像今天这样待我吗？"

我重重地点头："会，就算你从天界跑到魔界，就算你和三界所有人对立，我都会毫不犹豫地站在你这边的！"

桦音便笑了，那笑干净纯粹，与我在天界初见他时一般。这更使我断定，他绝不会有坏心思，就是有，也绝不会用在我身上。

"去玄清宫。"他说，"与我去看看父皇。"

我们还没进玄清宫，迎面却遇上一个打扮奇怪的男人。桦音问了为首那个给男人带路的太监，这才知道，原来皇帝久病不愈，皇后便寻了许多江湖术士，说是要请他们看看宫中是否有妖物作祟。

"有病不请太医，竟然请这些不靠谱的术士，难怪越病越重。"我小声碎碎念，转念一想也对，皇后巴不得皇帝早点死，怎么可能为他好呢？

"可有看出什么？"桦音问那男人。

那男人捏着嘴角的两撇小胡子，摇头晃脑道："妖气极重。"

"什么妖？"我问他。

"狐妖。"

我不说话了，这男人还是有些道行的，虽然我变成凡人，却闻得出这宫中狐妖的骚味儿。

桦音不置可否，只冷冷对那太监道："让他走吧。"

"可是皇后那边……"太监很为难地看着他，"皇后娘娘有令，若是真的查出什么，一定要告知她。"

桦音"哦"了一声，复又疑惑地问："查出什么了？"

"狐……"太监刚要开口，又赶紧捂住嘴，"咱家睡得傻了，竟然在太子面前张口说胡话，该打，真是该打。"

他带着那术士逃也似的走了,只留我和桦音两人,我有点茫然地问:"为什么不能告诉皇后?"

"这宫里能掀起风浪的理由太多了,我想安静安静。"桦音语气平淡,声音很轻很轻,"钩心斗角,太累了。"

"可是这里真的有狐妖。"我信誓旦旦道,"你信我,我虽然与你一同历劫,但是并未脱去仙骨,不过是没了法术而已,找妖怪这点能耐还是有的。"

"不许再胡闹了。"他用食指封住我的嘴唇,柔声道,"就算你不会编故事,也足够讨我欢心。"

我"哦"了一声:"你不信宫中有妖怪,总不能妨碍我捉妖吧?"

我才不管他信不信,现如今救人要紧,总不能因为他不相信我就眼睁睁看着皇帝病死吧?

"还是说,你想当皇帝?"见他略有迟疑,我又问。

"做皇帝是一种负担。"他说。

"那就是不愿意咯。"

桦音没说话,我姑且将这算作是默认。正要开口说下一句,却见他突然朝我身后抱拳微鞠一躬,道:"侄子拜见王叔。"

我一下就愣了,刚才那副洋洋得意的表情荡然无存,转而待在原地一言不发。

"贤侄,你这丫鬟的架子还真大。"沧弈明明认出是我,却故意出言调笑。

我躲到桦音身后,终于声如蚊蚋地给他请安:"奴婢给王爷请安。"

略略抬起头，又见到瑶歌在他身侧，我便又低头道，"也给王妃请安。"

"胆子不小。"沧弈呵了口气。

我哪敢看他，只能又往桦音身后挪了挪，怯生生地不敢抬头。

"你怕什么？"他问我。

"怕王爷追究欺瞒之罪。"

"我若是追究，安和侯府一干人等早就死了千八百遍了。"他道。

瑶歌上前拉着我的手，仍像以前一样嬉皮笑脸地问："小素绾，在东宫过得如何，你这位恩公没有难为你吧？"

"我和恩公好得很。"我作势要拉桦音的衣角，却被沧弈瞪了一眼，理亏似的把手缩了回去。

这次是桦音主动伸手，揽过我的腰，说："我的确中意这个小丫鬟，正想着让她做太子妃，不知王叔觉得可好？"

我抬眸看桦音，桦音笑得风轻云淡，并不像开玩笑的样子。

沧弈嗤了一声："一国太子却娶个丫鬟做太子妃，她也配？"

"我怎么不配？"我冲到桦音面前，对沧弈道，"果真按你的话说，我才是安和侯府大小姐，你娶的还是我的丫鬟呢！"

"素绾，你怎么乱说话……"瑶歌偷偷掐我手臂。

沧弈被我这番话气得黑脸，只丢下一句"我要看看皇兄"就走，连瑶歌都被他远远落在后边，只身一人进了玄清宫。

"我还是第一次见王叔动怒。"桦音看着他的背影。

瑶歌提着裙摆跟上去，临走时还不忘训我："你啊你啊，怎么总能坏事！"

"他生气了？"我木讷地转过身，挠挠脑袋，"我一时气不过而已，若是你也觉得我做错了，要不，要不我再追上去哄哄？"

"不必了。"桦音朝我伸出手，那双手骨节分明，十分漂亮，"咱们也进去吧。"

这是什么意思，他要牵着我的手，带我进玄清宫？

手心布满汗珠，就在我迟疑的一刹那，一只柔若无骨的纤纤玉手已经搭在桦音掌心，我听见纤月的声音在我耳边响起，她说："我见过姑姑了，她说你在玄清宫，果然没错。"

桦音愣了愣，很快又恢复如常："你也来看父皇？"

"嗯。"纤月讨好地往他身边靠了靠，"我见并南王与王妃已经入殿，咱们也快点走吧。"

他们俩走在前面，越发显得我像一只落败的公鸡。我分明看到桦音转身时，纤月眼角流露出的对我的不屑。她这样耀武扬威，好像在告诉我：你看，不管在天上还是在地下，桦音只能是属于我的。

我抢不过她。

玄清宫里弥漫着浓重的药味儿，我被熏得七荤八素，便站在门口不愿进去。桦音也不为难我，纤月又乐得与桦音独处，自然大发慈悲似的欢欢喜喜把我扔在外面。

不消片刻的工夫，瑶歌从里面出来，她见到站在门口的我，问道："觉出什么异常？"

"有股狐狸味儿。"我说。

"玄清宫的味道更重，只不过有药香遮掩，所以不是太明显。"瑶歌接着说。

"莫非是狐妖害人?"我问。

"说不准。"瑶歌四下瞧瞧,又说,"这妖怪法力高强,恐怕与我不相上下。"

我求她:"瑶歌,你将这狐妖抓住可好?"

瑶歌有点蒙:"为什么?"

因为桦音不想当皇帝,因为他说当皇帝是一种负担。可是我不能这样告诉她,我知道这样的理由实在太苍白。我想了半天,终于胡诌出一个理由,我说:"这狐妖法力高强,又来路不明,难保不是冲着沧弈。"

我应该是在骗人吧,但是为了桦音,骗就骗了,我想,大不了日后再补偿瑶歌,那时也不迟。

"好。"

只要提到沧弈,瑶歌总是这样毫不推辞,她说:"你的话也有几分道理,我姑且试一试。"

也不知等了多久,桦音终于出来了,他身后跟着纤月,这次他没有牵着她的手。

"等得烦了吧?"他问。

我看着他道:"没有。"

纤月把头扭到一边:"也是,伺候天子,怎么会烦呢?"

"果然还是你知礼仪,懂法度。"桦音似乎是在夸奖她,很快便话锋一转,"那就留你在玄清宫侍奉父皇吧,纤月,你意下如何?"

"这……"纤月面露难色。

"伺候天子,怎么会烦呢,更何况你是太子妃的人选之一,伺候长辈,也是理所应当吧?"

桦音这话故意捧着她,让她下不来台,她只能硬着头皮一口答应:"既然如此,纤月遵命。"

我目送纤月离开,终于长吁一口气:"可算是把她甩开了,这天上地下,怎么就逃不了了呢?"

"天上地下?"桦音有点疑惑。

"她是九重天上的纤月仙子,天天追着你不放,没想到竟然跟着跑到人间了。"我愤愤道。

桦音若有所思:"那我在天界的时候,喜欢她吗?"

"不喜欢。"我把头摇得像拨浪鼓。

"那就对了,"他说,"不喜欢就是不喜欢,就算追到阴界奈何桥,我照样不喜欢。"

"那你喜欢我吗?"不知哪儿来的一股勇气,我凑到他面前问。

桦音垂眸沉思,而后轻声道:"喜欢。"

"我也喜欢恩公,特别特别喜欢。"我扑进他怀里,笑得像朵牡丹花一样,"恩公,你回了天界可千万不能忘记我,你说过喜欢我,别到以后就不作数了。"

桦音看着我笑,我最喜欢看他这样笑,温柔的,脉脉含情的,简直把人心融化了似的。

"咱们要回东宫吗?"我问他。

"你不想回去？"他反问。

我点头："东宫太闷了，和皇宫一样闷，咱们去些好玩的地方。"

"你觉得哪里才是好玩的地方？"他又问。

若问我天界什么地方好玩，自然是天河，倘若问我人间什么地方好玩，这我可不知道了。我摇头，把这个大麻烦丢给他："恩公觉得哪里好玩？"

"我知道了。"他将手伸给我，"跟我走吧。"

我毫不迟疑地伸手，任凭他牵着我离开。

皇宫依山而建，宫廷深处不是红墙，而是一座山。有河水自山脚蜿蜒而过，波光粼粼，实在漂亮得不像话。

"怎么样？"桦音颇为自豪地问我。

我撩着清亮亮的河水，这水比离香池的水更干净，更清澈。

"恩公喜欢的地方，自然我也喜欢。"我道。

其实这并非恭维，凡人所谓的爱屋及乌，正是这个道理。桦音在我这，便是缺点也成了优点，他喜欢的东西，我亦通通接受。

"母亲不喜欢我软弱无能，所以小时候每次受委屈，我都会偷偷跑来这里哭。"桦音边说边笑，"来的次数多了，反而感觉这里山清水秀，比别的地方都美。"

"为什么哭？"我问他。

"嗯？"他一怔。

"你说来的次数多了，是不是总受欺负？"我说，"谁欺负你，你说予我听,君子报仇十年不晚,我现在就帮你打回来。"

桦音哈哈大笑。

"欺负我的人太多,有的已经老了,有的甚至已经死了。"他说,"比如我的那个哥哥。"

"我并不是皇后的儿子。"桦音席地而坐,像是讲故事一样,"我的生母是一个宠妃,可惜的是,她虽然受宠,却毫无心机。"他看着我,"其实美艳的女子不一定工于心计。我母亲亦然,你亦然。她只会教我与人为善,利弊锋芒,却从未想过为自己争求些什么,可是有些人偏偏用最邪恶的心思来揣测她,她们说,她图谋的是更大的利益。"

我叹息一声。

"我的那个哥哥,骄纵、放荡、目中无人,和他的母亲一样手握权力无法无天。"他的语气越来越冰冷,"然后在围猎场,我一箭射杀了他。"

桦音接着说:"我看着他的尸体冷了,被埋进土里,复仇的快感很快消散掉。在那之后,皇后以挑唆幼子为由杀了我的母亲,并且把我过继在她宫里。"

所以皇后才会对他厉声厉色,所以她才会将热茶泼在他脸上,如今桦音是太子,她尚且如此嚣张跋扈,那年桦音只是一个孩子……

我不敢想。

我从后面抱住他,把头依靠在他肩上。我以为,到了人间,桦音成了一国太子,他终于过得风光体面,不必饱尝他人白眼,却发现原来造化弄人,他不过是再次体会着天界对他的折磨而已。

这轮回从来不公平。

"恩公，从此以后你都不必再难过了。"

他的身子颤了颤，一如他还是天界的巴蛇那样无助。

"我会一直陪着你。"我说。

桦音却问："你是在可怜我，还是爱我？"

"可怜是一种情吗？"我问他。

桦音点头。

"爱是一种情吗？"我又问。

桦音道："可是……"

"既然可怜是情，爱也是情，那它们就是一样的。"我斩钉截铁道。

"罢了，你愿意怎么想就怎么想吧。"桦音也不再争辩，"不过这样也很好，无论这爱是真是假，对我而言都一样珍贵。"

他说："我现在有点相信你讲给我的故事了。你不像是一个凡人，更似乎是一个仙子。"

"我就是如假包换的锦鲤仙！"我道，"所以也请你相信我，这宫里真的有一只狐妖，她在害你父皇。"

我说："但是，有一个人可以抓住狐妖，只要你同意，我这就去找她帮忙。"

"是沧弈吗？"桦音很警觉地问我。

我摇头："不过这人和沧弈的确有关系，就是那位并南王妃，你今天见过的。"

"只要不是他就好。"桦音松了一口气。

"你好像很害怕我和沧弈在一起。"我问他，"恩公，你是不是怕

沧弈抢了我?"

桦音淡淡地"嗯"了一声:"说不准,只是感觉应该防着他。"

"我一会儿要去并南王府,找瑶歌来帮忙捉妖。"我说。

"我和你一起去。"

马车在并南王府门前停下,下人们见是太子造访,自然免了盘问阻拦,恭恭敬敬地把我们带进王府正堂。既是求人办事,肯定不能空着手来,我特意带了两大包鲜嫩的橘子给瑶歌,希望她倾尽所能,赶紧抓到那只狐妖才好。

可我最先见到的不是瑶歌,而是黑着脸的沧弈。

"无事不登三宝殿,"沧弈斜瞥我一眼,"说说吧,来做什么的?"

"我不是来求你的,"我把橘子放到一旁,"我要找瑶歌。"

沧弈摆明了刁难我:"不过是一个被王爷娶回来做正妻的丫鬟,你来找她所为何事?"

"王叔怎么故意诘难我们?"桦音把我挡在身后,朗声道,"实不相瞒,皇宫中有狐妖作祟,图害天子,我们此行正是想请王妃出力捉妖。"

沧弈冷着脸:"狐妖?贤侄,我看你是志怪杂书看多了吧?"他嗤了一声,"归根结底,不就是想请瑶歌帮忙吗?"

"想请瑶歌帮忙也不难。"沧弈看向我,那张俊脸终于露出一丝丝笑意,"你,过来。"

他问我:"宁可去东宫做个小丫鬟,也不愿意来并南王府做王妃,我是该说你聪明,还是该说你蠢呢?"

我上前两步站在他面前，信誓旦旦道："做自己想做的事，应该是聪明才对。"

"你不会是上天派来降我的吧？"沧弈笑道。

可不是嘛，你的手腕上还拴着我的头发呢。

"小素绾，你怎么来了？"

瑶歌拎着几大包橘子扑到我怀里，余光看到我送来的两袋橘子，欢欢喜喜道："呀，还给我带了这么多橘子。"

"你忘了答应过我什么吗？"我把她推到一边，"你答应了帮我抓狐妖的，可不能出尔反尔啊。"

"好说，好说。"瑶歌一口答应下来，"今夜是十五月圆夜，狐妖为了增长功力，一定会出现的。"

我生怕她滔滔不绝说起来没完，便一口打断："好好好，那就今晚吧！"

"不过今晚抓妖，只能你我两人去。"瑶歌指着桦音和沧弈，一字一顿道，"你，还有你，你们俩谁都不能去。"

桦音不放心："为什么？"

"不能去就是不能去，我带着一个素绾已经够麻烦了，再带上你们两个，是输是赢就不一定了。"瑶歌道。

"你们放心吧，瑶歌厉害着呢。"我冲桦音挤挤眼睛，"恩公，连我你都不信吗？"

月上柳梢，瑶歌掐了个隐身的诀带我入宫，一路畅通无阻地来到玄

清宫。

"怎么这么大的味儿?"我捏着鼻子道。

瑶歌说:"这狐妖的味道,凡人是闻不到的,便是你闻得头昏脑涨,凡人却察觉不到分毫。"

末了,瑶歌又道:"她的功力更强了。"

她幻化出羽箭在手,忽地将一箭射向玄清宫顶。我听到一声野兽的嘶号,这声音尖锐得很。我问:"瑶歌,这动静不会惊动别人吧?"

瑶歌道:"你放心吧,凡人什么也听不到,什么也看不到。"

"那就好。"

"那狐妖中了我一箭,肯定逃不远。"瑶歌抓起我便飞。

果然,隐隐约约见半空中一抹白光飞往皇宫后山,我慌忙道:"是不是那个,我见到的那个白光。"

瑶歌轻声叱喝我:"小声点,小心打草惊蛇。"

我便乖乖住口不再多言语。

那白光落在后山的山脚下,瑶歌亮出羽箭,大喝道:"小小妖孽,魔界护法在此,还不速速现身?"

我四下寻摸哪里有狐妖的影子,却见光芒化作一位身着白衣的女子,不愧是狐妖,果然生得貌美无双,那双眼睛摄人心魂,叫人一看就不忍移开目光。

"魔界护法?"狐妖神色微变,"我与你井水不犯河水,为何来找我的麻烦?"

"你也说了,我堂堂魔界护法,莫非连处置一只小妖的权力也没有?"瑶歌手起箭落。

谁知那狐妖挥袖一挡,羽箭竟不能伤她分毫。

我心里没底,偷偷问瑶歌:"她怎么这么厉害?"

"今夜是月圆之夜,她借了天道的能力,自然比寻常更厉害。"瑶歌波澜不惊,"你保护好自己,免得让世子担心,余下的交给我。"

那狐妖化成原形,原是一只通体雪白的灵狐。瑶歌连发三箭,箭箭落空,终于有一箭射中,却也只是伤及皮毛,并未有什么大用途。

"你不打算放我一条生路?"那狐妖问瑶歌。

瑶歌抽出羽箭:"一介狐妖祸乱人界,竟然还妄图逃脱?"

"既然护法决意杀我,那就别怪我对你不客气了。"狐妖说着,飞身逃至树梢,我隐约看到她在月光下绽露出九条尾巴。

霎时间,四周弥漫起一股铺天盖地的瘴气,伴随着一股诡异的呛人香味,我被熏得睁不开眼,那狐妖却突然飞身扼住我的脖子,声音暧昧道:"小姑娘,杀一个也是杀,杀两个也是杀,不如今天就从你开始吧。"

我听见瑶歌弓箭的弦紧绷起来,那狐妖则冷冷道:"护法大人,我适才听你说,世子殿下很宝贝这个姑娘。还是说,堂堂魔界世子,竟然爱上了一个凡人?"

我被她掐得喘不过气来,恨不得手脚并用把她踢到一边,可惜自己现在只是一个凡人,连自保的能力都没有,果然,生死面前一切都成了无足轻重的东西,恨只恨我不能亲手杀了她。

谁知一缕红色的火光突然自我手心穿透她的胸膛。

见状,瑶歌神色一变,不可思议道:"这是般若元火?"

那狐妖手上脱力,终于软软倒在地上。我揉着脖子喘了好几口粗气,看了看手心,并没有般若花的痕迹,怎么我就使出般若元火了呢?

"完了,一切都完了。"狐妖倒在地上,我分明见她眼中倒映着天边的圆月,隐约可见泪光莹动。

"什么完了?"我不解地问她。

"过不了今夜子时,皇帝便会殒命。"狐妖咳出一口血,凄惨一笑,"我本以为……我本以为还能再支撑几日的。"

"早在一个月前,皇帝的寿元就已经尽了,我用灵力苦苦支撑至今,终于到了尽头。"她说,"多谢护法成全,我原也是想着,倘若他死,我便与他一起赴死。"

"为什么?"我不懂,"为什么要用灵力救凡人的命?为什么他死了你要陪他一起死?"

狐妖不能回答我了,她的躯体渐渐化成飞灰,灰烬中央,一颗亮晶晶的珠子从额头冲进我身体,隐隐约约,我仿佛听到狐妖回答了我,她说:"我爱他。"

什么是爱?

我不知道第多少次这样问,我认识的每个人,他们一遍遍否认我认为的爱,可是没有一个人能给我正确的答案。大抵爱情这东西因人而异,那我更不懂了,为何他们能看出我的爱情对错与否呢?

一声钟响沉闷而悠长地回荡在半空中,我听见玄清宫传来哀怨的哭声,参差不齐的,大多仅仅带着哀伤的情绪,流不出眼泪。

譬如皇后。

皇后是皇帝的妻子，原应该生生世世与他相伴相守，却处处想着算计丈夫早死；狐妖什么也不是，反而愿意用灵力供他活得更久，甚至不惜以死相随。

我好像更不知道什么是爱了。

瑶歌拍了拍我的肩膀："小素绾，你没事吧？"

"我困了。"我说。

我与她走出后山，走到玄清宫前，迎面撞上匆忙进宫的桦音，他一定也获知皇帝的死讯了。我跌跌撞撞地朝他奔去，终于抱住他，我问他："恩公，你喜不喜欢我？"

"你怎么了？"桦音皱着眉道。

"你且说喜不喜欢我。"

"喜欢。"

那便好，那便好，我说："恩公，我困了。"

桦音将我抱起，他轻声道："我先带你回东宫好不好？"

我躲在他怀里睡了一觉。

梦中，我就是那只狐妖，我趴在窗子上看一个少年读书，他说"之乎者也"，明明念着在我听来那么枯燥的诗文，可是我却不愿离开。突然我就懂了，这个少年便是当年的皇帝。

我观着皇帝与她的一生，让我奇怪的是，从始至终，他们俩的生命仿佛都没有什么交集，狐妖仅仅是默默注视他，心中便生起一种莫名的、甜蜜的情愫。

我想起恩公,我看着他的时候,可有狐妖看皇帝这般甜蜜?

可是恩公说他喜欢我,我也喜欢他,为何我心中就没有这般甜蜜的滋味呢?

我醒来的时候,东宫并没有恩公的影子。我听宫女说,他已经不是太子了,先皇驾崩,如今桦音已然成了新帝。

他不想当皇帝,我也不愿让他当皇帝,我怕他娶一个恶毒的皇后,天天想着害他,那可怎么办?

我正这样想着,桦音已经回来了,我见他穿着一身素白的龙袍,显得整个人格外单薄。他脸上多了一块淤青,更是让我觉得心疼。

桦音在我面前故作轻松,可我看得出他眼中的疲惫。

"对不起,"我道,"我本来以为,杀了狐妖就可以救人的。"

桦音道:"不怪你,我知道你是好心。"

他总是这样,从来不会迁怒旁人,就算再委屈,也只是一个人默默承受。

"我最近很害怕,"我对他如实道,"恩公,我想,会不会有一天,我突然不喜欢你了。"

"为什么?"

"我不知道。"

我又问:"恩公,你见到我时心中可有甜甜蜜蜜的滋味?"

桦音没有回答我。

不回答也好,因为欺骗更让我觉得讨厌。

"选秀的事情推迟了。"桦音顾左右而言他,"国丧期间,按律法应该守制三年。"

"嗯。"我点头,并没听出他话中深意。

桦音淡淡道:"我会娶你。"

"嗯。"

我好像没有想象中那么开心,但是我依旧一口应允下来,至少我不会做一个害他的妻子,于他而言,我比任何人都可靠。

我想,一条巴蛇与一尾锦鲤,他们靠在一起取暖的时候,是爱情更多,还是心疼更多?

登基大典前一夜,桦音带着朝服来看我,他说:"你觉得这衣裳如何,好看吗?"

邺城尚水德,所以朝服是纯粹的玄色为底衬,上面绣了暗红色的龙纹,我左右看看,摇头道:"这衣服极其周正,哪里都好,唯独花纹不对。"

桦音神色凛然:"为何?"

"你是巴蛇,沧弈才是真龙。"我如实道,"这衣服应该给沧弈穿才对,倘若你要穿,须得换一个花纹才好。"

桦音的脸色顿时变得铁青,我以为是哪句话说错惹他生气了,免不得挨训。可是他并没有冲我发怒,他只是很疑惑地问我:"你也觉得,我不配穿这身朝服吗?"

他的语气那么轻,仿佛一羽鸿毛落在地上,又很快吹散在风里。

我到底还是不懂人的情感,就像我分不清什么是恩情,什么是爱情。

"不是不配,是不合适。"天地可鉴,我这两句话实在是由心而发,并无他意。

可是桦音的脸色却比刚刚还难看几百倍,他长久地凝视着我,终于长叹一口气,无奈地说:"朝中有人谏言,说太子德不配位,要我让贤于并南王。"

我惊觉失言:这时候说这样的话,不是摆明了附和那些人的心意,戳他的痛处吗?

"我不是那个意思。"我慌乱地解释,"恩公,我是说……不对不对,你很配这件朝服,别信那些人的话,他们只是见不得别人好而已。"

"你不必解释,"桦音将朝服轻飘飘地掷在地上,"如果连你都不敢和我说真话,那我就算当了皇帝也没意思。"

"那你就当我不喜欢这个花纹,"我道,"换一个其他的好不好?"

所以桦音登基当日,朝服上绣的是赤色的云纹。云上无龙,唯有清风而已。

我与一干宫娥站在殿外,目睹他一步一步登上高台,一步一步走上帝王宝座。桦音忽地回过身,他在无言中睥睨天下,眼中藏着万物苍生,而我只默默注视着他,眼中唯有他一人。

我心中并不甜蜜,不知为何,隐隐竟有些苦涩。

"你不会是因为想当皇后,所以才这样不惜一切来到桦音身边吧?"沧弈不知何时出现在我身后,说这话时,目光并不落在我身上。

他穿着玄色衣裳,亦绣着赤色云纹,和桦音的朝服相差无二,竟有了些喧宾夺主的意味。

"桦音是我恩公,我爱他,这与他是不是皇帝没有关系。"我急匆匆道,随即逃也似的离开。

桦音那样防着沧弈,他不喜欢我与沧弈独处,我绝不能做和桦音心意相违的事。我把沧弈对我的情当作负担,我想我也不是什么好人。

"你在这儿?"一个倩影突然拦住我的去路,是纤月耀武扬威地站在我面前,她"呵"了一声,"这么失落,看来是美梦落空了吧?"

"什么美梦?"我不解。

"桦音哥哥要为先皇守丧,他娶不了你,难道不是美梦落空?"纤月冷笑。

我看着她张牙舞爪的样子便觉得烦,就朗声回敬道:"这是你的美梦,与我无关。"

"谁的美梦都无所谓,总之桦音哥哥是不会娶你的。"纤月得意扬扬道。

我不以为然,恩公早说过要娶我做妻子,便又道:"桦音是一国之君,岂容你揣测圣心?"

"这还需要我揣测?"纤月好像听到一个天大的笑话,"皇帝?哈,你可知这宫里真正的主人是谁?"

她又问:"你可知皇帝是什么?"

我无法回答。

"皇帝之上,是太后;皇帝左右,是群臣。"纤月故意说得很慢,每一个字我都听得清楚,末了,她咯咯地笑,"论身份,我是皇后侄女;论家世,我是镇国大将军之女。你觉得,我们谁更合适做皇后?"

"你少说这些话糊弄我,我只信恩公的。"我道。

"你信也好不信也罢,我才是最适合做皇后的人,而你,只不过是一个陪伴桦音哥哥的宠姬。"纤月说,"你太容易满足了,满足到桦音给你一个小屋子,你也觉得是最好的。他手里握着天下,哪里在乎一个华美的小屋子呢?不过是施舍你只言片语的温柔,就把你骗得神魂颠倒。"

我无力反驳。

其实我都懂，只是装傻充愣不愿相信罢了。

太后与桦音的关系那样紧张，怎么可能会允许他娶一个不受自己支配的女人，朝堂现在动荡不安，那些言官怎么会让皇帝做出这样糊涂的决定？利益分明摆在眼前，我却捂着耳朵闭着眼装作听不见看不着。

在人间活得这样累，远不如做一尾锦鲤安逸自在。

"仅是镇国大将军之女便在宫中这样威风八面，倘若你生父镇国大将军来了，莫非得让桦音把皇位让给他坐？"

沧弈的声音冰冷且缓慢地从我身后传来。

他气我不争，说道："你怎么总受别人欺负，难道连还嘴都不会？"

"我觉得她所言不虚。"我回过头说，却不想我们俩竟然离得这么近，我只一转身便撞进他怀里。

"投怀送抱？"沧弈略一挑眉。

"我没有！"我直视他的眼睛，然后朝着与他相反的方向夺路而去。

但是，为何我心里竟然有点甜？说甜也不准确，倒不是含了糖那样香香浓浓的甜，而是盛夏饮冰水那般甘香。

我一定是疯了。

桦音找到我时，我正躲在御花园的槐树上晒太阳。槐花香得醉人，我迷迷糊糊地想，要是离香池旁长的不是杜鹃，而是这甜甜的槐花就好了。那我一顿一定能吃好多好多，吃得更胖更肥。

——"这么肥的鲤鱼，不如拎出来红烧了吧。"

也不知为什么，我突然就想起沧弈来。

我被这句话吓得一激灵,翻身从树梢上骨碌下来,就在我以为要摔个狗吃屎的时候,没想到却安安稳稳落在桦音的怀里。

"怎么在这儿睡觉,为什么不去我宫里?"他问。

我说:"我不喜欢那个华丽的小屋子,这里天大地大,比那个小屋子睡着舒服。"

桦音哑然失笑,又问我:"天大地大,就算没有我,你也住得舒服吗?"

我很严肃地思考半天:想我当神仙当得好好的,为了恩公来到这个天大地大的凡界,如果为了天大地大把他丢下,那不正是凡人所说的舍本逐末,买椟还珠?

"不舒服。"我摇头,"还是和恩公在一起更好。"

"纤月对你说的话,我都知道了。"桦音劝我,"你放心,我自有办法整治她。"

原来他下了一道圣旨,以国丧为由,将东宫所有参选的秀女,皆充入掖庭后宫为婢,自然,纤月也在其中。

"太后若是生气怎么办?"我看着他额角尚未痊愈的伤痕,"她一定会想其他办法反对你。"

"素绾,你信不信我?"

听他这样温柔地叫我名字,我一下就动摇了。

"信什么?"

"信我能保护你。"他信誓旦旦道,"如今我身为天子,难道连自己喜欢的人都保护不了吗？"

我点点头，笑着回答他："信，恩公说什么我都信。"

桦音抬头看着那棵槐树，终于神色凄清，与我缓缓道："那日父皇临走时，对我说了一句话。"

"什么话？"我问。

"他说，他很爱我母妃，可是身为天子，他没能保护好她，他很惭愧。"

原来先帝不知道，有一只狐妖也爱着他，而且爱了很久。我私心为那只狐妖不值，更觉得先帝的话不可信："怎么可能，天子不是凡人中最厉害的人吗，他手握大权，怎么可能保护不了自己的爱人呢？"

"我也不懂。"桦音与我相视一笑，"但是，我会尽我所能，护你周全。"

那时我尚不知，原来天子也有千般万般的不遂意，我们都太天真了，以为手握权力便可高枕无忧，很久以后我才明白，三界之中，当数凡间的权力最是吃人。

纤月因为身份特殊，被太后讨走养在自己宫中，虽然名义是宫娥，吃穿用度一点不比公主的排面小。有时我想想，其实也挺有趣的，我们在天界就是这样不对付，到了凡界各居各位，仍是一样不对付。

最近我常常能感到一些不一样的东西，比如东风吹尽，百花凋零的时候，我竟然也会看着那些落红伤情，伤情是什么滋味，是一种隐隐约约的疼痛，疼痛不是来自肉体，而是来自灵魂深处。

我想，许是在人间待得久了，我也些许有了人的情感。

桦音常常笑我,小小年纪黯然神伤。有时瑶歌来皇宫看我,带着些时兴的小物件,又或者是糖葫芦、一口酥、炸丸子,对于沧弈,她绝口不提。唯独有一次,我们两个喝多了,在后山,她醉醺醺地问我:"小素绾,你知不知道我有多羡慕你?"

"羡慕什么?"我问。

"世子有多爱你,我就有多羡慕你。"她说,"我爱了他九千八百年,他视若不见,往日是,如今是,以后更是。"

"或许他只是不明白你的心意,为什么你不挑明了告诉他?"我道。

"你以为谁都像你一样傻?"她哈哈大笑,"喜不喜欢,都藏在眼睛里,谁能看不出来?"

她端起酒杯,微微仰头一饮而尽,又叹息道:"我叫不醒一个装睡的人,所以他不醒也罢,大不了我陪他一起睡。可惜啊,世子也叫不醒装睡的你。"

她的眼泪滴在我手背上,冷得像冰。

我从来没见过她哭,堂堂魔界护法,天不怕地不怕,竟然为情所困,所谓百炼钢不敌绕指柔,莫非说的是如此?

"我是一只不会说谎的讹兽。"她说,"我从不骗人。"

"我知道。"我道。

"世子很爱你,无论是渡劫前还是渡劫后,小素绾,我真的羡慕你,羡慕得要发疯。"

"那是嫉妒。"我满了一杯酒给她。

我很想告诉她,沧弈不是世子,可是我又无法开口,善意的谎言总好过生离死别的利刃，虽然伤人，却不至于杀人。

"我就是嫉妒能怎样！"瑶歌的脸红红的，嘴噘起老高，"我就是嫉妒你，嫉妒嫉妒。"

我抬头看月亮，月亮又圆又亮，像悬在天边的一盏灯。

瑶歌"哎哟"一声，又颠三倒四地说："我看你脸上尽是凶煞之色，莫非中了桃花劫？"

"你喝多了吧？"我把她晃荡到一边。

"我喝多了也能算得准！"瑶歌指着我眉间，满身酒气道，"小素绾，你的劫难要来了，还不快点躲起来渡劫？"

"桃花劫是什么劫，莫非能要了我的命去？"我知道她在说胡话，便不再计较。

瑶歌却突然正色道："会死，当然会死。"

她接着说："这劫来源于你挚爱之人。"

挚爱之人？桦音？

"桦音还能杀了我吗？"我不去理她这些混账话，自顾自地倒在地上闭目养神。

就这样浑浑噩噩地过了两年有余，我两年多未曾见沧弈，竟依稀有些遗忘他的模样。

秋风渐起，已是中秋。

在宫里的日子很累，我尽可能避着太后，避着纤月，唯恐做错事落下把柄，拖累恩公为了我与她们周旋。有时远远瞧见太后的步辇，我会低下头躲开，不去招惹。

可这毕竟不是万全之策,终于,某次我像往常一样要低下头逃走时,步辇上的太后叫住了我。

太后穿着艳丽的翟衣,比我初次见她时更显雍容,那翟衣的领口袖口处都绣了金丝凤羽,在阳光下熠熠生辉,艳光四射。她微微眯眼,眸子便成了细细两条线,仿佛想了很久,终于慵懒道:"哀家见过你。"

这两年来,我一直躲在桦音宫中很少走动,她如何识得我呢?

"你是桦音身边的素绾,是也不是?"她问我。

我点头:"正是。"

"难怪桦音铁了心不娶纤月,原来有这么一个可人儿。"她嘴角微微上扬,仿佛是笑了,只是阳光晃眼我看得不甚清楚。

须臾,听她又问道:"你可晓得,前朝有一位俪妃?"

"奴婢不知。"我如实回答。

"也对,"她说,"一个死人罢了,知不知道又如何。"

我后脊梁骨直冒冷风,又不敢逃走,四肢早就吓得僵直了。

"你与她一样漂亮,不对,是你比她更漂亮。"她徐然挥手让步辇落下,便居高临下地伸出手摸我的脸,那指甲染过鲜红的蔻丹,仿佛红玉雕成的甲片划过我的脸,叫人感觉阴冷阴冷的。

"真美啊,倘若哀家也这样美就好了。"她说。

这句话,使我第一次以一个平凡女人的角度看她。这是一个被漫长黑夜逼疯的女人,她眼底少了凌厉和狠戾,取而代之的是淡淡的、化不开的哀愁。

"倘若哀家也有这么美,或许他也会多看我几眼。"

她终于叹息，那叹息竟无端端让人心碎。

"倘若哀家没有杀了俪妃，或许他仍旧可以与我相敬如宾。"

后来我才知道，原来，先皇至死也没有看她一眼。

由爱生恨。

我突然想到这个词，对于她来说，实在是最恰当不过。

察觉到失态，太后突然就变了脸色，随即收了手，端正身子高傲地坐在步辇上。

"周福，"她唤了一声旁边伺候着的太监，明知故问道，"按律法，秽乱宫闱，当如何处置？"

我虽然脑子不灵光，可也知秽乱宫闱是什么意思，也知道这四个字的严重性，便匆匆忙忙地辩解道："我没有！"

她好像没听见似的，全然把我视若无物，我听周福高声道："回太后，秽乱宫闱者当处绞刑。"

太监特有的声调，尖锐的、刻薄的，好像嗓子里藏着一把刀。

"您是要背着皇帝处置我吗？"我面如死灰，质问她。

太后终于回应我，她摆弄着勾勒在指甲上的纹饰，轻笑："桦音在上早朝。"

难怪，她分明是故意趁现在，趁恩公不在时来找我的麻烦。

周福心领神会，招了两个太监一起押着我，我听见太后嘱咐他道："越快越好，手脚干净些。"

我不能死，我想到那次击杀狐妖时用的般若元火，便暗中在心里喊

了好几遍"元火救我",可是任凭我再怎么召唤仍是无济于事。

直到周福将白绫缠在我脖颈上,我突然有些疑惑:难道我就这么死了?

可是,我没有死。

一柄长剑径直穿透周福的身体,血滴飞溅在我脸上,温热的,有些腥。

我看见穿着朝服、头戴十二旒冠的桦音,他显然是才从朝堂下来,连衣服上还满是銮殿上龙涎香的味道。他说过,他最讨厌这个味道,每次下朝首要大事就是除去身上的这股异香。

桦音什么也没说,脸色阴沉得可怕,他以眼色示意宫人带我离开。或许因为太后在此,竟无一人敢照他命令办事。

"母后要做什么?"他问。

太后并不在意周福的生死,道:"哀家要处置一个宫娥。"

"理由呢?"

"秽乱宫闱,迷惑君主,和俪妃一样该杀。"她故意与桦音对视,故意加重了"俪妃"二字。

果然如我所料,俪妃正是桦音的母妃。

桦音的手紧紧攥成拳,我看到他的身体在抖,就像一个不知如何维护母亲的孩子,那么弱小,那么无力。

"够了。"他说,"我母亲是否真的秽乱宫闱,是否真的迷惑君主,您应该比谁都清楚。"

太后紧抿嘴唇,一言不发。

"皇帝的孝心与仁慈,都是有底线的。"桦音垂眸而立,仿佛变了一个人,"所以,请母后自重。"

我看着桦音的背影,却疑惑着:明明那么风轻云淡的一个人,为什么总要让他承受这么多不该承受的东西?

"走。"他将手伸向我,坚定地在太后面前伸出手。

我将手放在他掌心,却察觉到他掌心沁出的汗珠。我有些疑惑地看着他,到底什么都没有说。

我们越走越远,桦音的脸色也从阴戾变成苍白,终于,他站定身子,轻声道一句:"好险。"

"是好险。"我故意说得很轻松,生怕他为此多心。

"我从来没有这么害怕过。"桦音转身抱住我,恨不得把我揉进他身体里似的。

我愣了半天,这才想起抱着他回应他。他说:"我真怕没来得及回来,我真怕你落得和我母妃一样的下场。"

这样的他,好像一个孩子。

"刚在早朝时,有宫娥偷偷来报信,说是太后为难你。"他道,"可惜不知道那个宫娥叫什么,她面生得很,我从未见过。"

很久以后我才知道,那宫娥是瑶歌易容而成,也是那时我才知晓,原来我与太后对峙的那日,沧弈一直在不远处注视着一切。

——"你怎么总受人欺负,连还嘴的能耐都没有。"

桦音登基那日,他是这么说的。

然后桦音吻了我,便如蜻蜓点水一般,我的脸也腾地烧出两团绯红。

"我会为母妃报仇,也会风风光光地娶你做我的皇后。"他说。

我信，凡是桦音说的，我都信。

"明晚便是中秋宫宴，可有准备什么衣服饰品？"桦音又问。

这两年来，因为国丧，宫中已经许久没准备这样的宴会了。我摇头道："我不过是一个小丫鬟，穿得再华贵又如何，只不过是徒增口舌罢了。"

"距离国丧两年有余，今日朝中已经有人上奏，希望着手准备选秀一事。"桦音说。

"明晚，我要借着宫宴昭告天下。"他看着我的眼睛，墨色的瞳孔倒映出我的脸，"我要让宫中的人都知道，我的皇后只能是你。"

他说得那样恳切，全不像是假话。我想也是，恩公待我千般万般好，怎么可能说混账话诓我呢？

"你可愿意嫁给我？"他问。

愿意，愿意极了。我为了这句话，从天界到魔界，再从魔界到人间，盼啊盼，终于盼来恩公说，他要娶我。

"自然愿意。"我道。

桦音亲自与我去尚衣局，精挑细选，最终定下一件正红色的留仙裙。

侍候我更衣的宫娥嘴甜得很，大多夸我与裙子极衬，唯有桦音故意刁难我道："你可知，这裙子为何叫留仙裙？"

"仙乎仙乎，去故而就新，宁忘怀乎。"我摇头晃脑读给他听，隐隐约约记得这句话还是在沧弈给我的那几本书里看到的，我当日只匆匆浏览一遍，却不求甚解。

"这句话来自于前朝宠妃赵飞燕。"桦音道，"赵飞燕最喜裙装，某日她穿着裙装为皇帝起舞，突然间狂风大作，飞燕便随风化为神仙，归于九重天上。皇帝匆忙拉住她的裙角，却只是无能为力，任她离去而已。"

这故事倒也有趣，我听得一知半解，追问："既然她飞回天上，为何这种裙子还要叫'留仙'？还不如叫'归仙'呢。"

"凡人不过是给自己一个念想罢了，至于是'留仙'还是'归仙'，只是一个叫着好听的名字而已。"桦音说。

他玩笑道："你不会也和赵飞燕一样飞走做神仙吧？"

我卖了个关子："谁知道呢，反正我可是正八经儿的神仙，难保哪一天真的就飞走了。"

"你若是飞走了，天上地下，我都会寻你回来。"他说。

若是两情欢好，再普通的句子也能读出情话的味道。

恰如空杯饮清水，却能尝出甘甜。

一月可曾闲几日，百年难得闰中秋。

中秋宫宴本是歌舞升平，一团和气，直到沧弈姗姗来迟。他手里提着一只鎏金的笼子，笼子里面是碗口那么粗的一条黑色蟒蛇。沧弈见了桦音，既不跪也不拜，而是十分得意道："贤侄，我今日特意捕了一条龙送与你。"

"这是蛇，王叔弄错了吧？"桦音神色微变。

"贤侄，世上可没有这么大的蛇，这是真龙离水，故才暂时化作蟒蛇。"沧弈句句暗含深意，"倘若有一日来了洪水，蟒蛇便会重新化作真龙。"

"不如请百官做个见证吧？"沧弈随手一指身边的干瘦老头，"左丞相，您来瞧瞧，这是真龙，还是蟒蛇？"

那干瘦的老头颤颤巍巍站起身，迟疑片刻，终于看着桦音道："回皇上，回王爷，依老臣拙见，这应当是蟒蛇才对。"

沧弈"哦"了一声，语调上扬，颇有深意。

我还没反应过来发生了什么，便有一支羽箭破空而来，力道之大，竟然穿透了左丞的颅骨。殿上的女眷纷纷尖叫离席，唯有桦音攥着我的手，安然不动。

"他是故意的。"桦音斟了一杯酒，小声道，"为了演给我看。"

这羽箭，这力道，恐怕只有瑶歌可以做到。我没想到沧弈会在大殿之上公然动手，他这是疯了吗？

"放肆！"太后怒喝一声，"慌慌张张，成何体统？"

女眷便坐回原处，只是一个个吓得腿软，抖得像筛糠一样。

"皇宫戒备森严，竟然也有刺客？"沧弈瞥一眼身边的随从，冷言冷语，"还不快去抓刺客，一个个傻站着，莫非要等刺客伤了我贤侄的性命才出手？"

"他们去抓刺客，咱们再说些家常话。"沧弈不慌不忙，又好整以暇地问，"骠骑将军，你看这东西，是蟒蛇，还是真龙？"

骠骑将军脸色灰白，张开嘴半天，愣是一句话没说出来。

"够了！"我忍无可忍，终于站起身，从桦音旁边走到沧弈面前，对着他一字一顿道，"蛇就是蛇，就算被大水淹了千年百年，顶多只会变成蟒蛇精，根本变不成真龙！"

沧弈的表情很奇怪，但不是愠怒，他长久地凝视着我，终于朗声大笑，道："满朝文武，竟然只有一个小丫头敢说真话，难道你们这些朝臣不汗颜惭愧吗？"

什么意思？

不仅我愣了，百官也愣了，就连高位上的桦音与太后都愣住了，那种茫然绝不像是装出来的。

"这是左丞相张晋十余年来贪污藏秽，买官卖官之罪证。"沧弈将一本账簿丢在地上，冲着左丞的尸体道，"种种罪行相加，赐他一死已是便宜了他。"

沧弈说："这才是我送给皇上的礼物。"

桦音这般圆滑，自然装作滴水不漏，便斟满一杯酒亲自呈给沧弈，强颜欢笑道："如此，有劳王叔了。"

"这天下是我们家的，自然要尽心竭力，辅佐我贤侄千秋万世，一统江山。"沧弈接过酒杯，仰头一饮而尽。

明明人人都在笑，却如同脸上挂着画皮，将"虚假"两个字摆在明面上。

我看不透他们之间的算计，今天这一场突发事件已经惹得我头昏脑涨，索性与桦音道："我想出去吹吹风，马上就回来。"

"更深露重，小心着凉。"桦音点头，示意应允。

随后纤月当着一众女眷的面献舞，太后钦赐她一柄玉如意，一时间倒有了风头无两的意味。我无暇多看，也懒得浪费时间，便顶着微风走出宫殿。天黑得仿佛打翻了砚台，这是一个没有星星的夜，唯有月光依

旧，我想也是：倘若中秋无月，未免太扫兴了些。

左丞暴毙，我心惊肉跳，说不害怕是假的。我突然很想家，我的家在天界离香池，那里有红得热烈的杜鹃花，有柳笙在我旁边讲天庭的奇闻异事，白日里池水暖洋洋的，我从不用揣摩别人说什么做什么，渴了喝水，饿了吃花瓣，一切都是那么轻松快乐。

可是突然有一天，什么都变了。我结识沧弈，来到人间，明明成了一个凡人却没有凡人的真情实感，事到如此，错错错，早知道这样，不如不让沧弈留下我这些记忆，只做一个凡人最好不过。

我正仰头望着月亮出神，便有人为我披上大氅，沧弈的声音一如往日那般踏实、沉稳，他道："想什么呢，这么认真？"

"想家。"我道，"不是安和侯府，我真正的家在天上。"

"你想做皇帝？"顿了顿，我问他。说这话时我紧紧盯着他的眸子，生怕他说出什么诓我。

沧弈"嗯"了一声，诚实地告诉我："想，很想，在他还是太子时就想。"

他说："我不会骗你。"

"怎么当？杀了桦音？"我轻呵，"你若是敢动恩公，我一定先杀了你。"

沧弈将一朵虞美人送给我，就像会法术似的，他伸向我的那只手，手腕上尚有一道清晰的红印，十分显眼。

"这花只与你相配，"沧弈不去回答我，而是转移话题，"我试过让很多女人戴这朵花，只有在你头上最漂亮。"

我没接。

"你为何躲着我？防着我？我可曾吓到你了？"沧弈略有疑惑，问道。

我只能摇头："未曾。"

我说："我不喜欢你，我喜欢恩公，你若是杀了他做皇帝，我一定会在那之前杀了你。我不会让你妨碍恩公渡劫，若真有一日兵戎相对，回到天界后我会亲自向你赔罪。"

沧弈听不懂我在说什么，但是他听得很认真，他将虞美人戴在我发间，道："你喜欢桦音，不妨碍我爱你。"

他说："有时我甚至觉得我像一条龙，那你一定是我丢失的逆鳞。"

这次轮到我无言。

我并非石胎木人，我有心有肺，知道什么是好什么是坏，怎么会看不透沧弈对我的绵绵情意？

瑶歌说得对，人啊，怎么可能察觉不到别人对自己的喜欢，只是有人习惯了装聋作哑，有人充耳不闻，有人故意装睡罢了。偏又有这么一群傻子，就算陪着装睡的人做做梦也是好的，也让他们乐得甘之若饴。

被爱的人从来高傲。

高傲无罪，可耻的是堂而皇之，自以为然，贪得无厌。

只要染上爱情，谁都可以是恶人。

"我要回去了。"我将大氅脱下来还给他，明明不回应还贪得无厌享受沧弈的好，我做不到，我也不想做恶人。

"我喜欢桦音，我心里唯有他一人。"已经走出很远了，我忽而又

回过头,大声告诉他,"所以别再喜欢我了,换一个可以给你回应的人吧。"

但我没想到,沧弈会当着所有人的面告诉桦音,他要我。

觥筹交错间,就在桦音抓着我的手,就在他即将站起身宣布我与他的婚约的时候,沧弈突然离席道:"我有一事恳求皇上,望陛下恩准。"

"王叔客气了,只要是侄子力所能及之事,自然全部应允。"桦音说。

"我想要一个婢女。"沧弈面色如常。

我能感觉到,桦音攥着我的手越来越用力,他勉强笑着问:"谁?"

"素绾。"

沧弈到底还是说出我的名字。

"我可以给你十位掖庭中的美女。"桦音像是与他谈条件一般,"只要王叔喜欢,一百个也可以。"

"我只要一个,你身边的那个。"沧弈不为所动。

丝竹声停了,跳舞的宫娥也默默退下,太后微微咳嗽一声:"一个宫娥而已,哀家足以给皇帝做主。"

所有人都在看着桦音,如果他不答应,明日朝堂上便会飞来雪花一样数不清的奏折,便要坐实了我秽乱宫闱狐媚惑主的骂名。

他一人孤军奋战已经很累了,我不愿做他的负担。

我松开他的手,一步一步走到太后面前,我说:"能得并南王垂爱,素绾三生有幸。"

"能去并南王府,我十分愿意。"我转过身,当着所有人,唯独不敢看桦音的眼睛，"恳请王爷再宽限我一日时间，我在宫中尚有挚友，希望能与他好好分别。"

"那便明日辰时吧，"沧弈说，"明日辰时，我会亲自来接你。"

桦音没说话，他只是饮酒，直喝得两颊通红，眼中却没有醉意。

宫宴终于散场，我目送着诸臣离开，随后是沧弈，是宫中的女眷，是太后，终于，偌大的宫殿只剩我们两人。

"夜深了，"我说，"恩公，咱们走吧。"

桦音不为所动。

我上前夺下他的酒杯，这才听桦音仿佛是从牙缝里挤出几个字来，他说："孤要杀了他。"

他突然挥袖拂去桌上的杯盏，瓷器玉盘噼里啪啦碎成一片。

他道："为什么要和我抢，天下他要抢，连你他也要抢。明明我才是皇帝，明明我才是皇帝！"

他扶额，终于哑然失笑："到底要我怎么做？"他抬眸看我，眼中黯淡无光，"素绾，我不能保护你了，你说我是不是这世上最没用的皇帝？"

我突然明白了先帝的痛苦，身为皇帝，却要受到来自四面八方的牵制。高处不胜寒，荣光背后仅剩下苟且。

"换我保护你吧。"我说，"我可以做你的眼睛，成为你在并南王府的眼睛。"

"我不希望你和沧弈任何一个受伤，但是如果一定要做出抉择，我会维护你。"我从背后抱住他，把头靠在他身上，"恩公，这次换我保

护你。"

明明我们俩一样弱小,我有什么资格躲在桦音的羽翼下?更何况我欠着他还不清的恩情。

"我会娶你,我的皇后只能是你。"桦音道。

我们靠在一起,相拥取暖,我仍旧不知何为情爱。

"倘若回了天界,你一定要记得我。"我抱紧桦音,"人间的苦很快就会结束,可是天界的清冷,还有千百万年等着我们。"

"恩公,我好想家,我们什么时候可以回家?"我喃喃自语,并不在意他是否听得见,"我想飞霄宫,想离香池,想柳笙,想杜鹃花……"

在凡间,我学会如何做人,学会审时度势,唯独丢了快乐。

第二日辰时,我孤身一人来到东华门,果然见到沧弈在等我,他今日换了绛色绣金丝祥云的衣裳,在阳光下那样耀眼。

"阿绾。"他粲然一笑,叫人移不开目光,"你果然来了,真好。"

"走吧。"我艰难地挤出一个笑来。

沧弈挑开轿帘,邀我进去。

坐进马车的刹那,鬼使神差地,我突然回头看了一眼,东华门的城墙高而厚重,我看见桦音站在城楼上静静地俯视着我,许久许久,他终于变成一个小小的黑色影子,消散在我的视线中。

"瑶歌很想你,她做了不少菜等你回去。"沧弈与我道。

然后他说:"昨日安和侯府递了讣告,令堂已经驾鹤西去了。"

我说:"嗯,我知道了。"

"我怕你太伤心，所以昨夜没有告知你。"他说。

怪不得，昨天我看到百官来齐，却唯独不见安和侯。

娘，这好像是一个很模糊的词，虽然十几年来我无数次叫过，但更多的时候，我都是不添任何感情地称呼她为"夫人"。我想起很小的时候趴在房顶，她关切地喊我下来，她说危险的时候，声音也总是轻轻的，绝没有呵斥的意思。

我想起两年前的上元节，她说为我选一个夫婿，她说沧弈是个极好的人，教我"宁做大家妻，不做皇家妾"。

我的眼泪开始往外涌，如同断了线的珠子，可是我明明不想哭的，好像这个身体不受控制地有了自己的情感。沧弈吓坏了，他说："你是不是哪里不舒服？"

"我想回一趟侯府，看看夫人。"我说。

"好，"沧弈对车夫说，"先去安和侯府。"

原来不知不觉间，我也有了人的情感，神仙长乐少悲戚，而我，终于也饱尝了凡人的哀苦。

马车来到安和侯府门前，我挑开轿帘看了一眼，只见门前明晃晃两个白灯笼十分刺眼，侯府肃杀凄清，全不似往日那般车水马龙的热闹。

树欲静而风不止，我不是一个好神仙，也不是一个好凡人，我甚至不是一个好女儿。

"走吧。"我擦擦眼泪，"还是别回去了。"

沧弈也不争论，他吩咐车夫回王府，而后轻声与我道："生老病死，不过是轮回了下一世。"

我突然很悲戚：凡人有很多世，一世便可爱一人，而神仙死后魂魄归于天地，留下的人还能爱谁？

"我初次见你的时候，你将喜怒哀乐都写在脸上。"沧弈说，"两年多未见，怎么连笑都不会了？"

是啊，我在皇宫里住了这么久，每天像做贼一样，纵使笑也只敢对着桦音，更多的时候我连笑都笑不出来，我们没日没夜躲着太后的算计，躲着朝臣的攻击，哪还有时间笑？

"快满三年了。"我没头没尾地说了一句。

沧弈点头："桦音登基时因为国丧三年不娶，力排众议，如今也到了该选妃的时候了。"

明知道沧弈是故意说这样的话断我念想，我索性不再搭腔。

桦音说娶我，既然是他承诺过的，那他就一定会做到。

我信他。

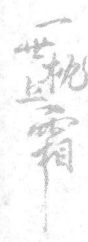

马车在并南王府门前停下,沧弈先我一步下轿,朝我伸出手:"我们到家了。"

"这是你家。"我道。

我又不需要他扶,便自己跳下马车。

沧弈愣了愣,横在半空的手有些尴尬,他讪讪收了手,与我一前一后进入王府。

瑶歌从正堂扑出来,往我身上一靠,嬉笑道:"小素绾,多日不见,近来过得如何?"

"你昨天难道不在宫里吗?"我故意问她,神色也是冷淡疏离的。

瑶歌当然清楚我的意思,支支吾吾半天,道:"我那不是为了办别的事嘛……"

"我给你准备了饭菜,你肚子饿不饿?"她拉着我的手往花厅走,一边走一边与我讲最近的琐事,絮絮叨叨半天。

我只是默默听着,一言不发。过了许久,瑶歌终于察觉到我的安静,问道:"小素绾,你怎么了?"

"我刚回了一趟安和侯府,心情不太好。"我如实回答她。

"因为夫人?"瑶歌大眼睛忽闪忽闪地眨,"别人不知道,你还不知道吗?她只不过去渡下一世轮回了,有什么可伤心的呢?"

"这就是我们与凡人不同的地方。"我用手指着她心口,"即使知道她是去轮回,凡人这里也会痛。"

"那我死了,你这里会疼吗?"瑶歌眼珠一转,反问我。

"应该会吧。"我思考良久,"这大千世界,我也只有你一个朋友了。"

"朋友啊……"瑶歌默默重复了一遍,嘿嘿笑着,"我倒没有很多朋友,千年前有一个,不过后来死掉了。"

我咋舌,还是第一次见有人把死亡说得这么轻松。

"她死时叫我不要伤心,我当然听她的话。"瑶歌叹了口气,"从此以后我就没什么朋友了。"

无悲无伤,便是长生又如何。

我很可怜瑶歌。

不多时,沧弈便来到花厅,问瑶歌是否将我的住所准备妥当。

"那是自然,我特意把小素绾安排在别院,图着清净些。"瑶歌得意扬扬着,又好像想起什么似的,对我道,"你缺什么用什么,直接找我就好,千万别自己乱走。"

"为什么?"我不解。

"你别管这些,"瑶歌道,"总之别乱走就是了,要是觉得无聊就来找我,想上街也可以来找我。"

我哼哼哈哈点头,既然她不愿多说,那我自然也不多问。在宫中这么久,我早养成这样的习惯。

"左丞的事情还有许多需要我料理。"沧弈对瑶歌道,"今日就不用等我用晚饭了,你和阿绾先吃,知道吗?"

他叫我阿绾的时候,语气总是特别温柔,连眸子里都含着情。

如果他不想着谋反,不想着伤害恩公,至少我们还可以做朋友的。

"带我去别院吧。"我对瑶歌道,"今天坐了一上午的马车,我有些累。"

"好!"瑶歌对我笑,那双极美的眼睛眯成两条线,"晚上想吃什么,我现在就吩咐下人去准备。"

我道:"清淡点就好,其余的随你安排。"

瑶歌引我进别院,这里虽然略为偏僻,但胜在清幽雅致,有花有树,有假山流水,叫人看了就心生欢喜。

"我猜你一定喜欢这个地方。"瑶歌把小屋的门推开。正所谓麻雀虽小五脏俱全,瑶歌已经把一切布置妥当。

"你先休息,觉得无趣就来叫我。"瑶歌指着书桌旁的一架书,"或者看书也成,这都是我挑来给你解闷的书,有《淮南子》,还有《山海经》,都是我向那些凡人打听来的,你看着玩便好。"

我看着瑶歌叽叽喳喳的模样,笑着道:"你现在与我初见你时一点都不一样,终于变得浑身都是烟火气了。"

"沾些烟火气也挺好的啊。"瑶歌说,"我以前在魔界的时候,日日板着脸,谁见我都怕。"

她继续道:"其实也不是我想板着脸,我一个护法嘻嘻哈哈太不像样子了。但现在是在人间,谁也不认得我,自然就无所顾忌。"

她到了凡间变得更快乐,为何我却只学会伤心?我有些头疼。最近奇怪的问题越来越多了，大多是我解释不清的问题，又不能求教别人，只有自己揣在心里慢慢地品。

"得了。"瑶歌摆摆手，"我不在这儿扰你清闲了，你快些休息吧。"

她走了，别院里终于只剩我一个。

我将屋里的东西照自己心思排放整齐，突然见到一只通体雪白的鸽子，扑棱着翅膀往我的别院里飞来。

鸽子停在我门前，任凭我怎么赶也赶不走，我终于看清，原来它的爪上绑着一张字条。

我将字条取下来展开，映入眼帘的是桦音熟悉的字迹，唯有寥寥一句：

"东边日出西边雨，道是无晴却有晴。"

我想起桦音许久以前对我说过，他养了一只极其聪慧的信鸽，想来便是它了。

四下寻摸一番，我终于找到一只鸟笼，放飞了里面的画眉鸟，将那只通体雪白的鸽子放进去。

我不舍得让它飞回去，倘若它飞走，我与恩公的联系又要断了。我下定决心，除非是一定要告诉恩公的事，否则绝不会让这只鸽子随意飞回去。

我想起瑶歌说的"不能在府中乱走"，心下蹊跷得很：莫非是并南王府藏着沧弈图谋造反的证据？

想到这儿，我更觉得自己有必要在并南王府细细查探一番，若是找到什么有用的东西，也可以助恩公一臂之力。

但我没想到并南王府竟然这么大,刚一进后园,我只看见成片的翠竹交相遮掩,之后我又左转转右转转,终于不负众望地迷路了。

我等了半天,终于看到有洒扫的婢女经过,刚要开口问路,谁知她们见了我纷纷咬耳朵道:"这不是王爷带回来的那个宫娥吗?"

"听说这女人在宫里就变着法地迷惑皇上,来了咱们王府,还不知要惹出多大的乱子。"

"可不,也就是咱们王妃心眼实,对她如此好。"

我愣了愣,将问路的话咽回肚子里。

我自诩问心无愧,流言蜚语一概不惧怕,可是没想到这些带着刀子的话暴露在我面前的时候,我还是怯懦了。

在世人眼中,我是狐媚子,是一个令皇帝三年不娶的妖女,秽乱宫闱,迷惑君主。比起真相,这些话更能成为他人茶余饭后的谈资,所以也更让人觉得可信。

天界亦如此,凡界亦如此,何其荒谬可笑。

我不知用了多久才走出后园,只记得刚一进正堂,便看见两张草席卷着不知什么东西,上面沾了脏兮兮的血,已经有些发黑了。我上去踹了两脚,一个浑身是伤、血肉模糊的人从里面滚了出来,她还没死透,甚至伸出两只手抓住我的裙角,她说:"救我……"

我吓得瘫坐在地,依稀辨认出,这是今日在后园骂我狐媚惑主的婢女之一。

"这是沧弈的意思。"瑶歌把我扶起来,"他刚刚回来取折子,正碰见这两个不知死活的东西讲你坏话,便一并乱棍打死了。"

我胃里一阵阵恶心,喉咙里直泛酸水,直到我看见裙角还沾着那个婢女的血,终于受不住,"哇"的一声吐了出来。

瑶歌赶紧招呼人将那两个婢女扔出去,关切地问我:"要不你还是歇歇吧。"

"我没胃口,晚饭就不必叫我了。"我挣脱她的搀扶,撑着墙独自走回别院,进屋时余光瞥到桌上的铜镜,这才看到自己惨白如鬼的一张脸。

这样的手段,与他叫我阿绾时全然不同,我很害怕,仅是说错一句话便落得如此下场,更何况他的政敌桦音?

我蹲在地上,将头埋在臂弯里,意识到自己在抖。我仿佛看见那草席里是恩公,他绝不会抓着我的衣角让我救他。

我害怕。

天渐渐黑了,我听到淅淅沥沥的雨声,以及天边偶尔划过的闪电与雷鸣,我不敢抬头,只要抬头就会看到那个被乱棍打死的婢女,暴雨敲击着青石板,仿佛是嘈杂的脚步声,我不敢想了……

"吱呀"一声,门被人推开了,我在臂弯中睁开眼,只见雷电在地上投射出一个巨大的黑影。

一盏温柔的烛光在我身边点燃,是沧弈举着烛台半跪在我面前,他说:"阿绾,我想着你会害怕,所以提前回来了。"

沧弈见我一言不发,追问道:"你在为那两个婢女生我的气?"

"你为我泄愤,我没资格生气。"

我说:"我是害怕。"

"怕我吗?"

我没肯定,也没否认。余光瞥到那只鸟笼,鸽子歪着头注视我们俩,眼睛亮晶晶的。

但我没想到事情远没有结束,第二日吃早饭的时候,有一个穿青衫的干瘦男子突然冲进来,手持长剑横在自己脖颈上,信誓旦旦地和沧弈说道:"臣听闻王爷将这妖女带回王府,今日以死请柬,请王爷诛杀此女,切莫影响王爷筹谋的大业!"

瑶歌小声与我耳语:"我叫你不要乱走,就是怕撞见他们。"

"他们?"我左右看了看,唯独只见那青衫男子一个人,便好奇地问,"谁是……他们?"

"这是沧弈豢养的幕僚。"瑶歌说。

我点点头,再不多言语。

沧弈用汤匙舀了一口肉粥,尝过后眉头一皱。

"咸了。"他面无表情,仿佛没看到那个以死相逼的谋士。

我跟着尝了一口,明明味道不咸不淡正好,怎么突然说咸了呢,沧弈的口味竟然这么刁钻?

瑶歌赶紧道:"那明天我让他们做得清淡些。"

"我不是说粥,"沧弈把碗筷往前一推,将目光移到那青衫男子身上,"我是说人。"

哦,我这才了然,原来他说这人太闲了。

"那以你所见,当如何?"沧弈问他。

青衫男子放下剑，说道："这女人和皇帝纠葛不清，难保不是皇宫派来的奸细，不如快刀斩乱麻，杀了她。"

"呵！"沧弈站起身，抬脚踹飞那柄剑，我见他自腰间抽出明晃晃的佩剑，手起刀落，将那青衫男子抹了脖子。

甚至连呻吟都没有，那青衫男子软绵绵地倒在地上，好像一个布袋子似的。

我低下头不敢看。

"将他丢在乱葬岗，以儆效尤。"沧弈细细拭去剑锋上的血迹，若无其事地对下面吩咐道。

瑶歌大睁着眼，显然没想到沧弈会杀了谋士，她终于忍无可忍，猛地站起来道："杀了两个婢女还则罢了，如今又亲手杀了谋士，世子是疯了不成？"

"造谣生事，不杀难道留着？"沧弈用目光扫视在屋里伺候的婢女，"你们也看到了，若有造谣生事者，婢女也罢，谋士也罢，都是死。"

我从心底为那个幕僚感到可悲，其实他什么也没说错，我来到并南王府的确是为了做桦音的耳目，每一桩每一件都被他猜着了。他只是没猜到，沧弈对我的信任和喜欢，远远大于对他的需要。

"杀了一个他倒无所谓，那府中其他的谋士呢？"我从未见瑶歌这样厉声厉色，"过不上一天，邺城就会传出并南王为了女人杀死谋士，到时候谁还愿意来为世子做事？"

"并南王府不缺一个谋士。"沧弈冷哼一声，"同样，并南王府也不缺一个王妃。"

瑶歌如遭雷击,脸色登时变作灰白,我见她摇摇晃晃险些摔倒,刚想起身扶着她,却被沧弈拽着胳膊拉起来,道:"随我出去。"

外面的婢女见了我和沧弈在一起,吓得连头都不敢抬,有几个甚至在瑟瑟缩缩地发抖,显然是平日没少说我的坏话。

"你不必为那个谋士自责。"沧弈道,"他是桦音的人。桦音在我身边安插了那么多眼线,只有他活得最长。今日故意用这样的方式向我证明他的真心,倒不如我直接成全了他。"

我不语。

"阿绾,有时我真不知道如何爱你。"沧弈诚恳道,"或者,你来做我的王妃,如何?"

"我不要。"这三个字,我说得干脆利落,没有半点迟疑。

沧弈"嗯"了一声,显然已经猜到这个答案,所以并不是很失落。

我见门口停着马车,便问道:"你要带我去哪儿?"

"去看我的兵。"沧弈说,"那地方风景不错,顺便与你散散心。"

我早就猜到,他既然豢养着谋士,自然手下有不少死士。其实我不懂,为什么他要带我去看这些,他难道对我就没有半分起疑吗?

但是,我没有拒绝,我乐意为恩公摸清沧弈的底细。

马车出了邺城,向一处偏僻的山涧行去。我一路盯着窗外,试图记住这条路,以便回去时更好地给恩公通风报信。

"这是什么地方?"我问他。

沧弈往窗外瞟了一眼:"这是翠岭山。"

翠岭啊，我忍不住多瞟了几眼。记得那日去魔界取梼杌之眼时，我与沧弈从翠岭山上飞过，那时我在云上，见众生皆是微渺，如今我行至翠岭山脚下，才知道这山如此高大。

山路陡峭，马车颠簸不稳，沧弈便默默用手挡着我头上的木制棱角，生怕我磕到碰到。

"往日我一向是骑马过来，"他说，"今天带着你，本想着用马车方便些，现在看来反而没有骑马灵活。"

他冲我笑，全然没有早上面对谋士时的狠戾。我想我是应该厌恶他的，可是这样的他让我讨厌不起来。

"你上次说，你的家在天上？"沧弈故意逗我说话，"你可愿给我讲讲天上的故事？"

已经许久没有人和我说天界了，桦音一直以为我这是无稽之谈，我也鲜和他说天界的往事。如今沧弈主动提起这些，我自然乐意接话，我说："天上哪里都好，尤其是天河，你还说那里美得蚀骨销魂，让我少去看。"

"我？"沧弈满是笑意，"原来我也是天上的人。"

"是啊，你是天上的沧弈仙君，住在枢云宫里，我历劫之前一直住在你宫里。"

"那我在天上时是什么样子的？"沧弈又道，"是插科打诨，还是冷若冰霜，还是别的什么样子？"

我仔细想了想，回答道："大约是几者兼有吧，平日里有一点凶，但是刀子嘴豆腐心，从来没罚过我。对了，你还有一个仙娥叫采星，还

有,你经常帮红鸾司的仙女姐姐写婚书。"

我在他手心写道:长发绾君心,幸勿相忘矣。

我说:"喏,就是这两句。"

"写婚书啊,"沧弈想了想,然后直视我的眸子问,"我可曾给你写过?"

心跳恍然漏了一拍。

我赶紧正襟危坐,摇头:"没,没有写过。"

"那就奇怪了。"沧弈道,"倘若我们在天界相识,想必那时我就已经十分喜欢你,怎么可能没给你写过?"

"没有,没有。"我慌张地摆摆手,"你在天界从未动过情爱的心思,从来都没有!"

"那就坏了。"沧弈看着我,轻笑道,"如今动了情,怕是以后都忘不了了。"

马车突然在此时停下,我听见车夫在外面说:"殿下,咱们到了。"

我没敢看沧弈的眼睛,抢先一步跳下马车。迎面是一个穿月白色衣裳的少年,约莫比桦音略小两岁,五官清秀得很,他见了我先是一怔,然后朗声道:"末将栾令,不知这位姑娘是……"

沧弈跟着出来,回答道:"她是我朋友,叫素绾。"

"正是,正是!"我点头答应。

我见到一座巨大的山门,上面镌刻着"乘月山庄"四个大字。

"今日来得晚了,"沧弈与栾令说,"回去时不用备马车,你去营房牵几匹好马。"

"素绾姑娘可会骑马？"栾令注意到一旁的我，问道。

我吭哧半天："不会。"

"追风生的那匹小马驹呢，如今也能跑了吧？"沧弈问道。他似乎对这里的一切十分熟稔，甚至一匹马都了如指掌。

栾令"哎"了一声："我把那匹小马驹给素绾姑娘备下。"

"那我和你一起去看马驹吧。"我当然不傻，跟着沧弈碍手碍脚的，倒不如找个机会自己摸索地形，于是便自告奋勇跟栾令去马厩。

沧弈什么都由着我，便嘱咐栾令照顾好我云云，随后独自进了乘月山庄正堂。

"我还是第一次见殿下带女子来乘月山庄呢。"栾令道，"依在下看，素绾姑娘不是殿下的一般朋友吧？"

"那你还真猜错了，"我说，"就是一般朋友。"

栾令笑而不语。

"你好像很敬重沧弈？"我问他。

栾令的表情便严肃起来："那是自然，殿下于我有救命之恩，我必当十分敬重。"

"救命之恩？"我不解。

栾令冷呵一声："当朝皇帝杀我栾家一百七十余口，唯独活下我一个，所幸殿下救我于水火，让我有报仇的机会。"

当朝皇帝？我不可思议地问："你是说桦音？"

栾令点头，目光中满是仇恨。他说："仅仅因为我爹不愿成为他的党羽，他便想方设法肃清朝堂，那年我妹妹还不到五岁，便惨死在他的

屠刀下。"

他口中的那个,是我完全不认识的桦音。

"你会不会弄错了?"我试探地问。

"桦音的模样,我这辈子都不会忘。"他说,"我母亲跪在地上恳求他放过栾家,可是……"

栾令长长地叹了口气,说:"是殿下把我从死人堆里捡出来的,他告诉我,活着,就会有希望。"

"所以你留在乘月山庄,是为了报仇?"我又问。

"我每晚都能梦到我母亲,梦到我妹妹,"栾令终于点点头,眼中写满坚定,"我等这天已经等了三年,栾家一百七十口人不能白死。"

我没有资格劝他。

说话间,我们已经来到马厩前,栾令指着里面一匹纯黑色的小马驹,对我说:"这是乘月山庄最好的马驹,它的母亲是西域正统的汗血马,整个邺城也不见得找出一匹。"

栾令把马驹牵到我面前,我见那小马温驯地低着头,忍不住伸手摸了摸,它通体乌黑,在阳光的照耀下闪着微蓝的光泽。

"它母亲叫追风?"我问栾令。

栾令点点头。

"那它有名字吗?"我又问。

"它太小了,所以没人惦记着起名字。"栾令回答。

"哦,"我眼珠一转,"既然没有名字,那我给它起一个吧。"

栾令笑道:"姑娘若是愿意,自然可以。"

"你看你，又肥又胖，黝黑黝黑的，黑得都能发蓝光了。"我拍拍小马驹的后背，"那你就叫蓝胖胖好不好？"

栾令可能万万没想到，我居然会起出这么没文化的名字，便略有些迟疑地问我："姑娘确定要叫'蓝胖胖'？"

我"啊"了一声："又蓝又胖，刚刚好配它。"

"什么蓝胖胖，真是胡闹。"沧弈在我身后道。

我吓了一跳，心想这沧弈怎么走路连个声儿也没有，又听沧弈道："从今日起，这马驹叫怀碧。"

"怀碧？"我吐了吐舌头，趴在马驹耳边小声亲昵道，"这名真难听，还是蓝胖胖好。"

"君子无罪，怀璧其罪。"栾令苦涩一笑，"殿下此言另有深意。"

沧弈也没说什么，只道一句："你没忘就好。"

栾令重重点头："栾令不敢忘。"

"阿绾好像从未骑过马，"沧弈挑眉看我，"不如骑着马驹与我在乘月山庄逛逛？"

"乐意奉陪。"我道。

栾令骑上马为我示意，对我道："素绾姑娘一定要踩稳马镫，拽紧缰绳，切莫不可大意。"

蓝胖胖也就一人高，骑在它身上并不是难事，我耀武扬威地对沧弈道："你看，我这么聪明，说学会就能学会。"

因为在马车上与他说了天界的事，再加上刚刚听了栾令讲给我的故

事,我莫名对他有了一丝好感。

"走吧。"沧弈拽了拽缰绳,马儿便温驯地往前走。

我亦学着他拽了拽缰绳,说:"蓝胖胖,你可千万不能给我丢人,追上沧弈,快点。"

蓝胖胖好像能听懂我说话似的,紧跟着追上沧弈。

"乘月山庄还真是一处风水宝地,"我与他道,"这山庄,你修了多久了?"

"前前后后,有十年了吧。"沧弈说。他的目光看着远方,我顺着他的方向看去,只见连绵不绝的群山。

"十年啊,"我"啧"了一声,"也就是说,你还在戍边时,就已经着手修建乘月山庄了?"

原来他十年前就含着这样的狼子野心?

"不知乘月几人归,落月摇情满江树。"

沧弈突然笑了,轻声说:"我曾想着,与相爱的人久居乘月山庄,再不理这凡尘世事的。"末了,他微微地叹,"只是我那时并不知道,凡人是敌不过宿命的。"

栾令远远地跟在我们后面,保持着一个相对较远的距离,并不上前。

"你为何那么喜欢桦音?"沧弈回头问我。

我想了想:"大约是在天界欠了他一片鳞的恩情,所以心心念念,成了执念。"

"哦,"沧弈哑然失笑,"倘若那片鳞是我的就好了。"

他说:"我也不知为什么,就像着了魔似的。三年前在灵隐寺第一次看见你,我便觉得似曾相识,好像命格里注定了一样。"

"我很后悔,那日在茶楼带你凑热闹。"沧弈好像是在回忆那个对弈的午后,"这三年里我常常想,如果那天你没见到桦音,是不是就会爱上我。"

我心头一阵刺痛,随即涌上一种复杂的情感,这种滋味难以言表,它有点苦,有点难受,却找不到一个源头。

后来我才知道,这便是伤情。

栾令在后面突然大喝一声:"什么人?"

沧弈勒马停住,我见山上蹿下来七八个神秘人,都穿着宝蓝色衣裳,戴着铁面具看不清模样。

还没等我反应过来,沧弈滚鞍下马,一并将我从马上拽下来,道:"你先躲起来,刀剑无眼,我怕伤了你。"

栾令自腰间抽出燕字双刀,与那群蓝衣人厮打在一起,沧弈无称手的兵器,索性劈手折断一截树枝为剑,他们俩这才勉强与那些蓝衣人打成平手。

正在这时,一支银镖突然径直朝我飞来,我吓得愣在原地,索性闭着眼睛等那支镖打在我身上,没想到半天也没觉出疼,再睁眼一看,沧弈正捂着肩膀挡在我面前,那支银镖死死钉在他用手捂住的地方。

那群蓝衣人见沧弈受伤,纷纷作鸟兽散。栾令要去追,却被沧弈制止,终于默默地退回来。

"沧弈……"

我上前想要将那飞镖拔下来,没想到沧弈摇摇头,呵斥我:"住手。"

"可有受伤?"他问我。

"没有,我什么事都没有。"我道,"我帮你把那镖拔出来,你忍着点疼。"

"叫你别动就别动。"沧弈对栾令道,"带我回庄子,在大夫来之前,你们俩谁也不许碰这银镖。"

他说:"这镖上有毒。"

的确,我见那银色的镖身上淬满了宝蓝色的毒药。

"可是,"我咽了口唾沫,吓得一个劲发抖,只不停地说,"沧弈,你千万不能死,你千万不能死……"

栾令对我道:"素绾姑娘,我去庄子叫马车过来,你与殿下在这里等我,我很快就回来。"

"好,你快去,快!"我恨不得手脚并用把他推上马,回头看时,沧弈已经靠着岩壁勉强支撑。

"你千万不能有事啊。"我扶沧弈坐下,眼睛莫名有些发酸,我想起在魔界击杀梼杌时,他那么坚定地把我护在身后,在天界时,不顾一切救我出天牢……

我说:"一次是在天界,一次是在魔界,这次又在人间,你就这么喜欢让我欠着你吗?"

"闭嘴。"沧弈闭上眼睛不看我,"真吵。"

看看,平日的温柔果然是装的,都说将死之人其言也善,他的本性果然是喜欢骂我。

"我就吵。"我说,"我不能欠着你了,我只有一条命,还给恩公都不够,还要拆出一半给你。"

沧弈艰难地牵出一丝笑来:"怎么,心疼我了?"

"这不是心疼,"我抹抹快要溢出眼眶的眼泪,"这是愧疚。"

栾令终于带着马车回来了,我看着他把沧弈扶上车里,我问:"大夫找好了吗?"

"栾令办事,请姑娘放心。"他说。

沧弈咳出一口血来,而后用手背拭去嘴角的血迹,他斜靠在我肩上微微阖目,问栾令:"可查出是谁?"

"他们来自明衣楼,是皇帝的人。"栾令一字一顿道。

"桦音?"我摇头,为桦音辩驳,"不可能,恩公没这么大的能耐,肯定是你们搞错了。"

"恩公?"栾令的表情立刻五味杂陈,他警觉地问我,"你到底是什么人,你和皇帝是什么关系?"

沧弈轻轻道:"栾令,不许难为她。"

栾令便不再追问,只是对我的态度冷漠了许多,他说:"你可真是天真,你以为那皇位随随便便就坐上去吗?"

他又问我:"你可知道'明衣楼'?"

我摇头。

"就像殿下的乘月山庄一样,明衣楼便是桦音豢养死士的地方。"栾令说,"你刚才见到的那些,正是桦音一手调教出的杀手。"

我脑子嗡嗡的,一时间分不清真假,为什么栾令口中的桦音与我平日里见到的他一点都不一样?我的恩公,温润如玉、干净纯粹,可是在

栾令眼中,却是天下第一十恶不赦、杀人如麻的恶人。

这是我认识的桦音吗?

"这是早禾花之毒。"

我见大夫用刀小心翼翼地剜出那支飞镖,旋即丢在一旁的铜盆里。那银镖落入水中,登时,盆里的水便化作乌色。

沧弈躺在榻上紧闭双眼,额头尽是细细密密的汗珠,任凭我怎么叫他都不回应。而我又不敢打扰大夫为他解毒,只能站在一旁干着急。

"我已经为殿下煎好解药,稍后请姑娘侍候殿下服药即可。"大夫终于回头看我,略一沉吟,"但是……"

"但是什么?"我问。

"但是,服了解药也不过是暂解燃眉之急。"大夫叹息,"毒入腠理,尚可医治,如今殿下伤及心脉,恐是神农再世也无药可医。"

我脚下一软:"一点办法都没有吗?"

大夫道:"最多五日,倘若殿下能撑过五日,我便另有医治的法子。"

"五日,"我低下头喃喃自语,"好,五日就五日。"

我说:"栾令,你把解药拿来,先让沧弈喝下解药。"

栾令带着大夫离开,屋子里只剩下我和沧弈。须臾,栾令将解药拿给我,道:"素绾姑娘,我信得过你,明衣楼的事情待我解决,你千万照顾好殿下。"

"我知道。"我接过解药,这才发现手已经抖得不成样子。

我吹凉解药,用汤匙喂给沧弈,可是他嘴唇紧抿,汤匙里的药全都顺着嘴角流到衣服上。我用袖子为他拭去嘴角的药,想了半天,终于决心狠狠喝下一大口汤药,嘴对嘴将药喂给他。

这法子果然有用,我也不顾什么男女有别之大防,将一碗汤药喂他喝下。

我说:"沧弈,你可千万不能死,你若是死了就白白渡劫了,我总不能轮回一世再来找你吧?"

我说:"你为何总是这样,我倒宁愿今天中毒的是我。"

我说:"我明明很讨厌你,可是你这样躺在我面前,我只觉得心疼。"

他的手冰凉凉的,一点温度都没有,我害怕得很,只能攥着他的手不敢放开,试图把自己的体温渡给沧弈一些。

栾令将那支飞镖洗净,我不知道他是出于什么心思,他说:"你可以好好看看这支飞镖,这就是你那个恩公的手段。"

他说:"素绾姑娘,我相信你不是像皇帝那么冷血狡诈的人。"

末了,他用这句话作结:"你一定是被他骗了。"

那夜,乘月山庄下了好大一场雨,我在屋里坐不住,便躲在檐下看雨。栾令的话好像一剂毒药,使我回忆起这么久我与桦音所经历的一切,在我面前他总是那样仁慈、温柔,我从未想过,或许,他只是不愿让我见到那份狠戾而已。

我好像从未真正认识过他。

我摩挲着那支飞镖,上面镌刻着一个"明"字,我想起栾令问我,他说:"你可知道明衣楼?"

岂不知,我不了解的何止是一个明衣楼……

或许我真的不懂桦音，或许我也真的不懂沧弈。

我念起沧弈一次又一次救我于水火，而我却对这一切置若罔闻，可惜我欠着恩公一片鳞，一鳞之恩，便是数不清道不明的恩情，我怎能弃恩公于不顾？

"素绾姑娘，"栾令不知何时在我身后，"看你愁眉紧锁，是在为世子忧心？"

"不仅为沧弈，还有另外一件事。"我道。

我问他："栾令，你说，恩情与爱情，是不是一种情？"

"当然不是。"栾令好像听到一个笑话，他反问我，"殿下在死人堆里救我一条命，救命之恩，是不是恩情？"

我点头："那自然是。"

"我要是说，我因此爱上了殿下，你觉得如何？"栾令道。

"男子爱男子？岂不是滑天下之大稽？"我道。

"问题的关键，并不在我们都是男子上。"栾令道，"我只是想告诉你，恩情是不同于爱情的。"

"那什么是爱情呢？"我又问。

"大抵是你想到他便觉得开心，又时常在梦中见到他，看不惯他与别人恩恩爱爱，"栾令顿了顿，加重语气，"最重要的，你要能觉出他在心里，与别人的不同。"

我想到桦音便觉得开心，总能在梦中看见桦音对我笑，看不惯桦音与纤月走近，前三条每一条都符合栾令所说的，唯独最后一个，我说不准。

在我心里，桦音与别人一样吗？

说是一样的，好像因为叫了一声恩公又有什么不同，但说是不一样的，好像他和瑶歌比起来也无甚不同，顶多就是因为我与他的恩情而显得更重要些。

"殿下似乎很喜欢你。"他说。

"我知道。"

这是我度过的最漫长的一个夜，暴雨下了半宿，丝毫没有停的意思。栾令怕我着凉，便命人准备了一个小火炉在屋中笼火。外面雨声淅淅沥沥，炉里的火烧得哔哔啵啵直响，我打了几个哈欠，又不敢睡，只能强撑着困意为自己倒了杯茶。

"阿绾……"我突然听沧弈小声唤我。

我连忙一口答应下来，跑到他身边才知道，原来并不是他醒了，许是随口说一句梦话而已。

然而下一刻我便觉出，我在沧弈心中竟如此重要，原来，我是能在他梦里出现的人。

他说："阿绾莫怕，有我在。"

我"扑哧"一声笑了，如今他身负重伤如何保护我？可是笑过之后就觉得心疼，原来即使他身负重伤，仍会想着保护我。

"沧弈……"我轻声唤他，随后用手绢擦去他头上的汗。

嘴唇翕动，良久，我说："你要好好活着。"

我还是不能给他任何承诺，我对不起他给我的爱。

日子一天天地过去，沧弈不仅未见好转，反而日渐坏下去，终于连我唤他也听不见了。我陷入一种极大的恐慌中，我怕五日时间一到，沧

弈便永远醒不来了。

瑶歌就是这时来到乘月山庄,她屏退众人,与我道:"为何没人想着把沧弈的事情告诉我?"

她说:"世子不是不能醒,只是沉浸在一个清明梦中,他不愿醒。"

"不愿醒也要醒!"我道,"可有什么解救的办法?"

"须得我进入他梦中,破坏这场清明梦。"瑶歌说。

"我也要进清明梦。"我对瑶歌说,"此事因我而起,如果沧弈死了,那我就是背上了天大的责任。况且我听到他叫我的名字,一定有另外一个我在他梦中。"

瑶歌面露难色:"你是凡人之躯,强行进入清明梦,只怕会折损寿元。"

"我又不在乎这凡人的一世,况且……"要说出的话在舌尖上打了个转,又咽回肚子里。

"那好。"瑶歌点头,随即掐了个诀。

我只觉得四周天旋地转,再一回过神,我们已不在乘月山庄中,而是在一处寻常的农家小院里。

我看见沧弈穿着粗布衣裳在院子里劈柴,柴劈尽了,他擦擦汗朝屋里喊道:"娘子,为夫今日打了不少鲜鱼,劳烦娘子下厨,做一回糖醋鱼吧。"

"好好好,你说吃什么就吃什么。"

我听了那女人的声音,只觉得熟悉无比,再抬头一看更觉得震惊:这分明就是我自己!

原来是因为我在他梦中,所以他才不愿离开这个清明梦?

瑶歌看了我一眼,终究是叹了口气,什么都没说。

清明梦中的三年前,桦音登基称帝,沧弈舍弃一切,与"我"假死逃出邺城,来到这处世外桃源定居。如今他褪去锦衣华服,眼中唯有喜乐,我看着他吻"我"的额头,甜蜜道:"不知我哪世修的福分,能娶回阿绾这样的娘子。"

我忍不住大声喊:"沧弈,那是假的,你快点醒来,别被她骗了。"

可是沧弈什么也听不到,我冲上前想把他们拉开,没想到双手却从沧弈的身体中穿透。瑶歌对我道:"别做无用功了,你和他是两个世界的人。他看不见你,你也摸不到他。"

"那怎么办?"我问。

瑶歌檀口轻启,只说了一个字:"等。"

在这清明梦中,我等了许多日,也看了许多日,我看到沧弈为她画眉,眉眼间尽是专注。

就算知道那是假的,我心里还是泛上一股异样的感觉。

我终于等到这个机会,等到梦中的某日,沧弈外出,我对瑶歌说:"既然沧弈是因为'我'不愿意离开,不如就杀了这个'我',他的梦断了,自然就醒了。"

"当真?"瑶歌掐了个诀,却半天下不去手,"若是杀了这个素绾,世子会伤心的。"

"伤心总比丢了命好。"我道。

瑶歌在手中化出弓箭,将羽箭对准那个素绾。羽箭甚至没有扎在她

身上,那梦中人便化成一片青烟消散了。

"这下沧弈一定很快就醒了。"我说,"咱们等他醒来,就可以出去了吧?"

瑶歌点点头,并未作答。

沧弈归来时便察觉不对,前前后后找遍了小院,独不见素绾的影子。

起初他认定"我"只是走了,便天南海北地去寻。我眼睁睁看着他醉酒,看着他四处找"素绾",他走了很多地方,闹市、山谷、皇宫,有时醉得甚,便倒在路上沉沉睡去,口中仍然唤着我的名字。

"错了,错了。"我说,"这是个清明梦,梦中人都死了,为何你还不醒?"

可是沧弈听不见,我眼睁睁看着他找"素绾",终于一日比一日憔悴。我与他就这样在梦中过了一年,第二年上元佳节,他去了灵隐寺,在那莲花的铃铎前长久地矗立着。那日未曾下雨,有烟花满城,秦淮河上莲花灯四处漂,他买了一盏,提笔写的仍是"素绾"。

"你别找了,那是假的。"我在他身边道。

沧弈瘦了许多,我想伸手摸摸他的脸,可是肌肤相触时,仍是混沌破碎求不得。

又有一次,我与他路过柳巷青楼,众多烟花女子中,他突然摸出袖中最后一锭银子,扔给楼上的其中一位。

我听旁边的老鸨说:"素绾,还不谢谢这位爷。"

叫素绾的女子盈盈下拜,却只得沧弈一句:"我花这些银子,是为了让你改个名。"

我跟着沧弈走了很久，见了世人的生死七苦，却渡不得沧弈一人。

终于找到不能再找，我想，这下他总该相信"我"已经死了吧？我想，再等不久，我们就能从清明梦中出来了。

我慢慢地等，等了许多年，他全然没有醒来的意思，更多的时候，他静静坐在窗沿上，对着"素绾"曾经梳妆的地方发呆，阳光照在他身上，却融不化他眼神中尽数的哀伤。

我见他写了许多信，最后选一处山清水秀的地方烧净，他很安静地看着那些纸灰，看它们如同巨大的黑色蝴蝶在半空中飞舞，偶尔有未烧尽的纸灰，被风吹到我脚边，我拾起来看，上面写的是：吾妻素绾亲启。

世人有七苦，生，老，病，死，怨憎会，爱别离，求不得。

他明明已经看透了七苦，为何在梦中不愿走？

我想，我可以等，等到梦中的沧弈死去，我们就能走了。

这样浑浑噩噩地生活，终于在第七年的上元节，沧弈再次来到灵隐寺，他一路上咳了许多血，那天邺城终于下雨，铃铎叮当作响，一如我们初见时一般，我见到一位须发尽白的老僧对他道："先生愚钝。"

老僧喝道："阳寿已尽，为何不愿死？"他伸手敲了一下铃铎，沧弈便如同失了魂似的倒在地上。

"世间极苦，唯情字而已。"老僧长叹一口气，转身离开。

一滴泪顺着我的脸颊滑落，滴在地上，很快消失在雨水中。

他死了，我却仍在清明梦中。

我跟着沧弈来到黄泉，他走得极慢、极慢，偶尔回过头，终于很失望地转身。我一路跟在他身后，我说："沧弈，你回头看看我，你别再

等了,我一直都在。"

我说:"我是素绾,你爱的只不过是一个幻影。"

我说:"你看看我,我一直都在你面前。"

沧弈终于停下脚步,他伸出手摸我的脸,我眼睁睁地看着他的手从我身上穿过,旋即见他怅然一笑。

"阿绾,我是不是疯了?我常常觉得你在我身边,我却看不见你,摸不着你。"

我说:"我在,我一直都在,这七年来每一个日日夜夜,我都在。"

我听他自言自语:"我知道这是一个梦,只不过心中一直不舍。"

他说:"只有在这场梦里,我才能这样肆无忌惮、不顾一切地爱你。"

他终于走到奈何的尽头,我看着他饮下孟婆汤,隐隐约约,我仿佛见到千里虞美人花连绵不绝,汇成我眼前一片血红。

寒露惊蛰,晨雾天河。

这场做不完的清明梦,终于醒了。

梦中过了一生，人间不过几日尔尔。

我醒来时泪眼婆娑，见到的却不是瑶歌，而是沧弈。

此时我们正在从乘月山庄回并南王府的马车上，瑶歌并未与我俩同车，沧弈仍像来时那样用手护着我的头，因为肩膀受伤，所以显得尤为吃力。

他说："哭什么？"

我只是一个劲地掉眼泪，然后我扑到他怀里，骂他："你是不是傻？"

我说："明知道是梦，为什么不快点醒？"

"能换阿绾几滴眼泪，一点伤心，"他说，"就是再大的代价我也愿意。"

"你别这么和我说话了。"我用他的衣袖擦脸，鼻涕、眼泪都粘在他衣服上，"你快死了那天还骂我呢，反正你装得深情款款我也没感觉，要不你还是骂着我，怎么舒服怎么来吧。"

沧弈失笑："深情款款怎么会是装的？只有心里有情，眼中才会有情，这可不是我装得出来的。"

有些东西，就在悄然无声中悄悄地变了。

回到并南王府时已是黄昏，沧弈早早回去休息，只有我一人坐在别院发呆。我纠结了好久，最终写下"翠岭山南，乘月山庄"的字条，藏在那只鸽子的身上。

鸽子扑棱着翅膀飞走了,它突然在半空中一顿,然后"啪嗒"落到地上。我正疑惑怎么了,便清晰地看到鸽子身上的羽箭,瑶歌在我身后道:"素绾,你果然和桦音是一伙的。"

瑶歌一字一顿道:"若不是怕世子伤心,我一定会杀了你。咱们是朋友,为什么骗我?"

"不是你想的那样。"我摇头,"我答应了恩公,我……"

"罢了。"瑶歌懒得听我解释。

瑶歌道:"那个清明梦,你也看到了。我甚至怀疑你是不是铁石心肠,难道桦音就这么重要,难道世子做的你都看不到吗?"

我无力辩驳。

"我不会害沧弈。"我说,"我只是想帮恩公,但是我不打算伤害任何人,尤其是沧弈。"

"我要你发誓。"她道,"不许说谎,你发誓。"

她又接了一句:"就说你不会辜负沧弈。"

我用手指着天道:"我素绾对天发誓,若有辜负沧弈,便请天地取我一魂一魄,死后永生永世不入轮回。"

我问:"这下你可满意了?"

瑶歌说:"有天地为证,自然满意。"

"你的劫数要到了。"她伸手幻化出我的命格。

我隐隐约约见上面写着:红鸾异动,死劫。

我不以为然:"你都说我有这劫说了好几年,我到现在不是还好好

的吗?"

　　彼时我看不出,原来一切已经在命运的天元上布好棋子,无论我怎么走,都是一场死劫。

　　那之后的许久,我寸步不离地跟着沧弈,他要写字,我便帮他研磨,他要看书,我就在一旁泡茶,偶尔我与他去乘月山庄,蓝胖胖已经长得和它母亲一样高了,也越来越听我的话。

　　日子缓慢地过,终于到了新年。

　　沧弈将栾令带回王府,我们在一张桌子上包饺子,瑶歌心灵手巧一学就会,栾令虽然动作僵硬,好歹也算把馅包在一起,偏我包的大张着嘴四处冒油,活脱脱包出一个四不像来。

　　"我看来看去,还是素绾的饺子最好辨认。"瑶歌指着那几个"四不像","自己包的自己吃。"

　　我一看桌上的饺子,心想那还得了,我要是吃自己的,那不就等着大过年的喝面汤吗!我便臭不要脸地对栾令道:"栾令,要不你委屈委屈,把饺子分我两个?"

　　"不行,"栾令瞪我一眼,"你吃我的,我吃谁的?"

　　"吃他的!"我用手一指沧弈,"他包的饺子最多,不差你这几个。"

　　他们便一起笑,屋里的火盆烧得哔哔啵啵作响,四处都是温暖的香气。我想到以前在宫里的时候,过年都是我和恩公一起,他陪太后用过晚膳后,会回到宫中与我悄悄地做灯笼,宫里那棵槐花树上挂满了我们做的红色小灯笼,我想,也不知道这个年,恩公会不会寂寞。

　　"下雪了。"瑶歌指着门外道,"好大的雪,我在邺城还是第一次见。"

的确是大雪,如鹅毛一般的雪洋洋洒洒从空中飘落,又干净又纯粹。我独自跑出去看了许久,沧弈默默跟出来,他说:"你喜欢雪?"

"谈不上喜欢,只是觉得很好看。"我伸手接住一片雪花,很快便在我掌心融化成水,"这雪花真奇怪,不许人摸,只许人看。"

沧弈良久无言,将我拥入怀中。我看着邺城张灯结彩,却没意识到,这是暴风雨前最后的平静。

消息是突然传来的,桦音要娶纤月为后。我躲在帘后听到圣旨,只觉得五雷轰顶,我对沧弈道:"你再仔细看看,是不是你看错了。"

怎么会错呢,桦音、纤月,那清隽的字迹,明明白白。

"我要进宫去问恩公。"我说。

沧弈拦住我,他只说不许我去,却没告诉我原因。但我最终还是逃了出去,从别院的后墙,我跳出去时摔了一跤,手腕被石子划得血红一片。

我只是想知道真假而已。

恩公从不骗我的,他说到做到,说要娶我,那就是要娶我。

毕竟曾经是皇上身边的红人,侍卫很是通融,放我进皇宫。我一路朝着桦音的玄清宫跑去,终于赶在没人的时候推开玄清宫的门。

桦音见了我,脸上满是欢喜和惊讶,道:"你怎么来了?"

"恩公,"我说,"我来是想问问你,你说娶我的事情还作不作数?"

"自然作数。"桦音回答得斩钉截铁。

"那纤月怎么办?"

他终于明白我的来意了,他说:"这不过是权宜之计。"

"权宜之计?"我笑,"恩公还有多少事情是我不知道的?比如,明衣楼?"

桦音的脸色陡然变化,他说:"你都知道了?"

"我还知道,恩公杀了栾家一百七十余口,栾家无罪,仅仅是不愿为恩公所用而已。"

桦音后退两步,从袖子里掉出一支银镖。那支银镖,与我手里的一模一样。

莫非那天乘月山庄遇刺,他也在?

甚至说,那支射向我的飞镖,正是桦音亲手丢出来的?

如果沧弈没有那么爱我,如果桦音一步算错,是不是,死的就是我?

"你算准了沧弈会为我挡这一下,对不对?"我质问他。

"素绾,你听我解释。"他说,"我并没有让你犯险,乘月山庄也是,和纤月成亲也是。"

他说:"有了纤月的亲事,我便有了镇国大将军作保。我已接到密报,沧弈要在我与纤月大婚时逼宫造反。"

他说:"只有靠纤月的母族,我才能抓到沧弈。"

"然后呢?"我道。

"然后我把你带回皇宫,咱们就可以永远在一起。"

永远在一起,哈,多可笑。

我说:"除去沧弈就可以高枕无忧吗?纤月母族势力尚在,她是皇后,那我是什么?"

"我可以封你做贵妃，或者做副后。"桦音说，"只要再给我一点时间，我就能铲除纤月的母族，到时候你就是我的皇后，这样不好吗？"

我看不懂桦音了。

"于你而言，纤月的母族，就是下一个沧弈。"我问他，"那下一个纤月是谁？"

桦音好像从来没想到我会这样问他，他说："素绾，你信我，我可以摆平这些事。"

"你能，你当然能。"我冷笑，"你什么都能算计好，摆平一切，只不过是时间问题。"

我说："桦音，我只问你一件事。如果一定要在我和皇位中选，你要哪一个？"

他迟疑了。

"宫中上下都是我的人，明日大婚时，我会生擒沧弈。"他只说了这么一句。

果然是骗我，什么喜欢，什么娶我为妻，在权力面前，都是那么微渺。我转身欲逃，鬼使神差回过头的那一刻，我看见桦音孤独地站在玄清宫里，目光怆然。

他是被玄清宫囚住的犯人。

我不知道自己是怎么走出皇宫的，只是跌跌撞撞摔了好几下，但是我突然想起桦音说，他要在明日大婚时生擒沧弈，我想我要快点回到并南王府，告诉沧弈这件事。

可是回到并南王府，等待我的并不是沧弈，而是一具尸体。

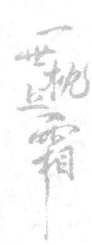

栾令死了。

他被刀扎得像刺猬一样,蓝胖胖站在他身边,也不知道是不是幻觉,我好像看到了蓝胖胖的眼泪,在阳光下那样刺眼。

我很恨我这时还有这样该死的幽默,我总觉得栾令是假的,一个活生生的人,怎么就变成大刺猬了呢?

"乘月山庄,"瑶歌说,"就在你走的时候,明衣楼的人去了乘月山庄,所有的人、所有的马,被杀得干干净净。"

我险些瘫倒,桦音,又是桦音。

然后,沧弈问我:"你是不是桦音的人?"

我立刻便明白了他的意思。我想摇头,我想矢口否认,可是我无力辩解。我说:"是。"

那一刻我便觉出不对,他一定是觉得栾令的死与我有关,可我明明什么都没有做。辩解的话还没等说出口,我便被瑶歌点住哑穴,再说不出一句话来。

"你不想闭嘴,我帮你。"沧弈道,"把她关在别院,没有我的命令,不许放她出来!"

我被瑶歌关进别院,从始至终,她一句话也没有说。我想告诉她,乘月山庄的事不是我告诉桦音的,我想告诉她,桦音已经在宫中备好了陷阱,只等沧弈跳进去,我想告诉她,拦住沧弈,不要让他去送死。

可是,我什么都说不出。我知道,沧弈已经给了我最大的怜悯,我是桦音的人,他本该杀了我的。

那一夜尤其漫长,我不能说话,只能拼了命捶打别院的木门,手掌打得又红又肿,我想了许多,我想,到底什么是爱。

桦音弃我而去,我并不觉得心疼,只是觉得自己受了欺骗,有些可笑而已。

我开始审视我与他的感情,什么恩情,什么爱情,它们到底有什么区别。

我想报恩是真的。

我不想让沧弈死也是真的。

清明梦中,我对沧弈流的眼泪,那句"吾妻素绾亲启",什么都是真的。

明明应该恨的人,我却恨不起来,他为我做的一切历历在目。我想,如果抛去桦音给我的一片鳞,我与桦音什么都不是。但是沧弈,我们之间并没有那一片鳞的纠葛,我却能为他流泪,为他心疼。

我终于参透了,恩情是羁绊,爱情也是羁绊,我与桦音之间的是恩,面对沧弈,是爱。

我爱他。

直到第二天的阳光照进别院,我知道,什么都晚了。但是,我不能看着沧弈死,所以我一定要拦住桦音。

昨天逃跑的后墙被沧弈加高了许多,所以跳出去的时候,我摔得比昨天还狠。

皇宫外比平时驻守了更多的将士,我进不去,只能从后山潜入宫中,以至于又浪费了许多时间。我听到有人喊着:"帝后同心,国之福泽。"

我终于来到金銮殿上。

推门，见众生。

我没法说话，而且模样落魄，所有人都愣住了，只有沧弈紧锁着眉，他到底还是什么都没说。

纤月如愿穿着大红喜服，她站在桦音身侧，居高临下地睥睨着我。

瑶歌再顾不得许多，伸手化出弓箭，一支紫色羽箭朝着桦音飞去。我本以为桦音会被羽箭所伤，没想到他一挥衣袖，竟然将那支箭挡在数米之外。

这是灵箭，桦音怎么可能挡得住呢？

还是说……

桦音索性不再隐藏，她看着瑶歌和沧弈，胜券在握道："魔界世子，别来无恙。"

他不是桦音，他是九重天上的桦音仙君。至于魔界世子，我顺着桦音的目光看去。沧弈面色如常，自斟自饮，终于，他放下酒杯，站到与桦音对立的方向。

这是怎么回事？

难道沧弈真的是魔界世子？难道瑶歌一直以来口口声声说的世子，真的是他？

殿上的百官纷纷化回真身，皆是九重天上诸位仙家。这时，我才了然，原来这本就是一场局，目的就是为了引出魔界世子，生擒沧弈。

桦音把手伸向我，他说："素绾，过来。"

从始至终，沧弈看着我，一句话也没有说。

我挪动脚步，但不是朝着桦音的方向，这次，我选择沧弈。

站在沧弈面前,将他护在我身后,哑穴在这一刹那被冲破,我魂归仙元,又变回九重天上的锦鲤仙子。

"我爱他。"我说,"恩公,我爱沧弈。"

"即使他骗你?"桦音叹息,"你回来,你身后的是魔界世子,他就是天界的内奸。"

"我爱他,无论他是魔界世子,还是沧弈仙君。"我说,"恩公,你若是想杀了他,那便连我一起杀吧。"

可是,我看到剑锋刺穿我的心口,从后背贯穿至胸前,连一丝感情都不带。

被剑锋穿透时,我一点也不疼,我疼的是,那剑我曾见过的,在沧弈用这柄剑劈开天牢枷锁的时候,在沧弈带我去天虞山击杀梼杌的时候,在沧弈横着这柄剑把我护在身后的时候。

最后这次,是他用这柄剑杀我的时候。

他说:"你若死了,我不负责和桦音交差。"

他说:"你与他的情,是什么情?"

他说:"终有一日你会懂。"

他说:"阿绾莫怕,有我在。"

他说:"吾妻素绾亲启。"

我恍然想起在清明梦中,须发尽白的老僧说:"世间最苦,唯情字而已。"

我在鹿城居住的第一年,在一座矮山上,瑶歌为我建了一座小房子。

我种了许多虞美人,开花时山上山下漫天遍野皆是鲜红。沧弈有时来看我,会拿一些有趣的小玩意儿,他甚至把蓝胖胖带到魔界,他说:"我若是不在,便由怀碧陪你。"

"它不叫怀碧,它叫蓝胖胖。"我抱着蓝胖胖的头对他耀武扬威道。

沧弈"哦"了一声:"你想叫什么就叫什么吧,反正这是你的马。"

我牵着蓝胖胖在花海里散步。蓝胖胖比我想象的更乖,许是虞美人的花太娇美,它向来只吃那墨绿色的叶子。

有时我骑着蓝胖胖从山上回来,便看到沧弈独自站在虞美人的尽头,他眼中是我,也只有我。

我故意从马上跳下来,扑到他怀里。

"胡闹!"沧弈板着脸道,"若是摔坏了怎么办?"

"你是魔界界主,还能连一个女人都接不住吗?"我用胳膊环在他脖子上,蜻蜓点水似的吻他一下,"喏,这是奖给你的。"

"只有这点?"他问。

我点头如捣蒜:"没了,只有这点。"

他将我打横抱起,低头看着我,故意调笑道:"我怎么觉得,你可以再奖励一点?"

我本来想逃的,可是偏偏被沧弈挟制无法动弹,意乱情迷间,又被他占了好一番便宜。

一枝红艳露凝香,云雨巫山枉断肠。

我在鹿城居住的第三年,虞美人更加繁盛,我带着丑丑上街买糖葫芦,却因为分赃不均在大街上吵了起来。

"我三个，你两个。"我把糖葫芦塞进丑丑手里，尤其强调，"而且，不许和沧弈说我带你出来了，知道吗？"

"小小年纪就教孩子说谎，哪有你这么当娘的。"沧弈从后面抱住我，"而且丑丑蛀牙越来越严重了，谁许他吃糖葫芦的？"他将丑丑手里的糖葫芦拿给我，"给你娘。"

丑丑不服，当街打滚叫嚣道："你们两个大人欺负小孩，连小孩的糖葫芦都抢。"

沧弈说："娘子，我觉得在凡间有句话很有道理。"

"什么话？"

"孩子不管不行。"

结果就是，界主大人亲自动手教育小世子一顿，丑丑满地跑着叫爹，所幸还是瑶歌前来救了他一命。

"我说你们俩也真敷衍，"瑶歌摸着丑丑的头，"叫什么名不好，美美都行，怎么非要叫丑丑呢？"

"谁叫他出生时皱巴巴一小团，我还以为我生了一只猴子呢。"我说。

"娘亲，你要是真生出猴子，魔界怕不是要翻天了？"丑丑冲我吐舌头。

我现在感觉，教育孩子果然很有必要。

再见到桦音，是我在鹿城居住的第五年。他白衣飘飘，一尘不染地站在虞美人花海中央，他说："素绾，和我走吧。"

"去哪儿？"我问他。

桦音朝我伸出手，说："这场梦该醒了。我宁愿看你在我面前哭，

也不愿让你日日夜夜沉睡。"

"阿绾!"

我听见沧弈叫我。

我说:"恩公,沧弈叫我回去,我该走了。"

就在我转过身的一刹那,我听见桦音低声道:"都是假的。你明明知道清明梦,为什么自己醒不了?"

他掐了个诀,旋即一挥衣袖,那虞美人花海顷刻消散,四周变回光秃秃的荒山。

"不要!"我赶紧拦住桦音,哭着说,"恩公,这花海我种了许久,你手下留情!"

可是,一切都完了。花海不见了,小房子不见了,丑丑和瑶歌不见了,就连沧弈都不见了。

我终于醒了,都是假的,是梦,清明梦。

到底什么是真的?我问我自己。

从我身后刺进心口的一剑是真的,那柄剑是沧弈的,他以千年灵力化就,剑锋凌厉,剑身冰凉。

那天,邺城下了很大的雪,像鸟雀的绒毛一样,随风吹进銮殿。

我眼睁睁看着那雪吹在我身上,吹进我手里,这次它没有融化,我想,原来我的手和雪一样凉。喉间一股腥气上涌,我"哇"地吐出一口血来。沧弈就在此时拔出那柄剑,我猜那剑锋一定沾了不少我的血。

我好像什么也看不见了,什么也听不见了,仿佛天地间唯有我和沧弈两人。我缓慢地回过身,连质问都算不上,我道:"沧弈,你不是说,你爱我吗?"

"都是骗你的。"沧弈连眉头都不皱一下,"愚钝小仙,别人说什么就信什么,还真是蠢。"

"不会的。"我摇头,"你在清明梦里那样爱我,你甚至……你甚至为了我在梦里游荡那么久。"

我说:"你给我写了那么多的信,我都看得到,你一定是不敢说实话。"

说着说着,眼泪就掉了下来,我说:"沧弈,之前冷落你,都是我的错。"

我说:"我爱你,我到现在才知道,恩情不是爱情,我知道我错了。因果有报,我不怪你,你若觉得不解气,再刺两剑也好。只要你承认爱我,怎么都好。"

可是,他没有。

他说:"清明梦是一个局,是我故意演给你看。我以为我能利用你杀了桦音,没想到你这么蠢。"

他说:"你的爱能给我什么?一个低阶小仙,就连纤月的爱都比你的更有利用价值。"

呼啦啦,大厦倾,原来是这般滋味。

我不信。

他明明那么爱我,在天河时,在洗魂台上,在人间,在灵隐寺。在我坐上马车时,他会用手护着我的头,他怎么可能是骗我呢?

我想起瑶歌说的,我命里的一劫,来自挚爱之人。

——"你要是不死心,我可以发誓给你听。"

——"我沧弈,若对素绾半分动情,此生便命丧爱人之手,永不入轮回。"

发这样的毒誓,果真是不爱哪。

我感到冷,从内而外的冷,意识涣散的最后一刻,我分明见到沧弈那样厌弃的眼神,他果然是不爱我。

只是一场骗局,却能做得这样周到,我心服口服。

飞霄宫还是一样冷清。

我躺在榻上掉眼泪,抽噎声惊醒了一旁打盹的桦音。他见我醒来,欣慰地道:"还好,你终于愿意醒了。"

"我睡了多久?"我问。

桦音道:"五个时辰。"

梦里五年,梦外不过五个时辰。

但愿长醉不愿醒。

他问:"你身上的伤还疼不疼,用不用我叫医官给你瞧瞧?"

除了沧弈刺进我心口的那一剑,什么都是假的。我说:"沧弈呢?他在哪儿?"

桦音道:"沧弈与护法逃回魔界,如今已是新任魔界界主了。"

"魔界界主?"我支起身子,目不转睛地盯着桦音,"那他走时有没有些许不舍?"

桦音无言。半晌,他说:"你还是好好歇息吧,如今沧弈这件事的风头正盛，我怕天帝难为你。"

我不信，他说过，深情是藏在心里的，所以才能流露眼中，一定是他有迫不得已的苦衷，一定是这样。

"既然你醒了，我就可以安心去处理天界的事了。"桦音垂眸看我，柔声说，"你在凡界对我的好，我都记得。"

他承诺道："日后，我定也加倍对你好。"

桦音走了。

我还是不信，至少沧弈应该和我解释一下，到底他和魔界是什么关系，还有，为何他不爱我。

我每动一下，心口便牵着五脏六腑都跟着疼，但我仍是跌跌撞撞地跑到天河，我知道，只要从这里一直往前走，便可以渡过赤水来到天虞山，那样我就可以到魔界，找沧弈。

这样想着，我付诸行动。

去天虞山路途遥远，我仙基不稳，总是飞着飞着便栽倒在云里，云朵洁白柔软，有好几个夜晚，我倒在云上，看天河迢迢千万里，我想，若是沧弈也在就好了。

到达天虞山的那天，魔界正下着雪，我来到鹿城问了许多人，这才知道，界主并不住在天虞山，而是青要山。

好在鹿城距青要山不过百里的距离，我急着要走，却被一个银发老婆婆拉住，她慢声细语地说："姑娘，你一个天界的人，来魔界做什么？"

"我要找人，"我说，"我爱那个人，我来问问他是否爱我。"

老婆婆叹了口气，说："姑娘，你这是何苦，你看看自己，都成什

么样子了？"

她幻化出一面镜子。我看到镜子里的自己瘦得像一具骷髅，而且两颊下凹，反而显得眼睛尤其大，身上又伤痕累累，甚至那处剑伤还在微微渗血。

"快回去吧。"她说，"怕是你还没到青要山，就已经耗尽修为死在半路了。"

"我不会回去。"我很小声，但是坚定地告诉她，"我也不会死，在找到沧弈之前，我绝对不会死。"

"他已经把话说绝了，为何你还要来？"老婆婆只是叹息。

"因为最开始是我的错。"我说，"起初，我把恩情当作爱情，所以对他不管不问，贪心地享受他的好。我伤了他的心，他恨我怨我，这些我都可以承受。"

我说："但是我必须要知道，我有没有爱错。"

我说："婆婆，我做了一千七百年的锦鲤，却是第一次做人，第一次饱尝情爱，我想知道，究竟是不是我错了。"

她叹息。

她说："姑娘，谁不是第一次做人呢？"

谁不是第一次饱尝情爱，可是谁又能一辈子爱一个人呢？

雪下得那么大，好像一直都没停过。

我跟跟跄跄一路往东，在可以看到青要山的地方，终于瘫软在地，再没有迈出一步的力气。我看着雪花覆盖我的衣裳，也不知道自己昏死了多久，只是隐隐约约感觉到有人为我渡气，迷迷糊糊地，我叫了一声：

"沧弈，是不是你？"

"不是。"那人说。

我想看清他的模样，可是眼皮莫名地沉重，等再醒来的时候，四野一片荒芜，哪里还有人的影子？

我化成一粒微尘飞进青要山，一路也算畅通无阻，终于找到魔界界主所住的不秋殿。

但是，我没敢进去。

我看不秋殿的殿门虚掩着，便静静站在门口看他，很快身上就积了薄薄一层雪。

也不知沧弈在哪儿找的这么多美艳女子，我粗略瞟了一眼，多是花精树怪，她们在下面欢歌艳舞，沧弈便一人坐在高位上饮酒。

我看到其中一个穿着黑色衣衫的女子，她在一众精怪中尤为扎眼。她是真的美艳，美艳得不可方物。我看到沧弈在她耳畔别上一朵虞美人，她说："拂柔多谢界主抬爱。"

她叫拂柔啊。

沧弈遣散了那些精怪，偌大的不秋殿只剩他们两人。

"拂柔听说，界主曾钟情一个天界女子。"拂柔半倚在他身边，声音娇媚可人，"那姑娘长得如何，可有拂柔这般漂亮？"

我往殿门口凑了凑，不忍心错过他说的一个字。

我听沧弈说："她不过一个低阶小仙，怎么会有你美？"

拂柔便笑："如此可见，界主所谓的喜欢，不过是外界谣传了？"

"嗯。"沧弈不置可否地点头，"你退下吧。"

拂柔便掐了个诀，消失在不秋殿。

我冻得不停发抖，可是仍不愿离开。我见沧弈独自走到殿门口，他朝门外，朝我的方向伸出手。

我以为他是看见了我，便迈出一步想靠近他，却听他突然笑着道："原来下雪了。"

原来是下雪了，原来他只是看到雪了。

我又默默退回原处。

那朵虞美人，他可以为我簪在发间，也可以为别人簪在发间；他说，心中有情，所以眼里也是情，我不知道的是，那情亦可以随便施舍给其他女子；我与他一同在人间看雪景，他记住的不是我，而是雪。

我爱错了人。

我不知道我是怎么回的天界，只记得桦音着急得很，他第一次在我面前这么失态，只差亲自动手打我一顿解气。

他说："你这么轻贱自己，我心疼。"

你看，兜兜转转又回到原点，原来我仍旧是飞霄宫的那尾锦鲤，活在桦音的庇护下，明明什么都变了，又好像什么都没变。

我问他："恩公，你为何不生我的气？"

"我说过，你之前待我的好，我都看得到。"他说，"我会像你对我一样，对你。"

纤月和王母就是这时来到飞霄宫，王母一眼认出我便是当日沧弈身边的仙娥，似乎很玩味地看了我一眼，她说："又是你。"

她冷冷地说："走吧,如今是天帝要见你,要杀要剐,可怨不得本尊了。"

桦音把我护在身后,道:"母亲,魔界界主的事情和素绾无关,是儿子管教自家仙娥不力,要罚也应该罚我才对。"

"这里还没有你说话的份儿!"王母斜瞥一眼纤月,语气陡然严厉起来,"纤月,将她带走。"

纤月点头答应,对我道:"走吧。"

我看得出,她眼神里仍是鄙夷。

桦音扶着我的肩膀,小声道:"别怕,我与你一起去。"

天帝比我想象的温和,他慈眉善目,在九霄云殿上,问我:"你叫素绾对吧?"

"正是。"我点头。

"你与沧弈是什么关系?"天帝有条不紊地问,"我听说,你与他十分熟络。"

"我爱他。"我实话实说。

天帝眉头一皱:"哦?"

桦音立刻察觉出我这句话会引来灾祸,他急忙替我辩解:"父亲,素绾是受了魔界界主的欺骗,她并未做出任何有损天界的事,请您宽恕她一回。"

纤月添油加醋道:"桦音哥哥,她的心已经偏向魔界了,难道这不算有损天界威仪吗?"

天帝"嗯"了一声,又与我道:"素绾,本尊知道你是受了欺骗,

可是纤月说得没错,你的心已然偏向魔界,你可愿静心悔过,认罪受罚?"

我跪下叩首,双目无神,道:"无论什么刑罚,素绾都心甘情愿。"

"那就罚你受净火之刑,七日七夜,你可承受得了?"王母道。

我想,她始终念着沧弈伤了她的宠婢,所以故意刁难我。

"谢王母天恩。"我再次叩首。

"不可!"

说话的是桦音。

他说:"素绾已经受了魔界界主一剑,为何父亲母亲还要苦苦刁难?为何不能广开一面,宽恕她一回?"

"够了!"王母很厌烦的样子,冷呵一声,"孽子,还不住口?"

"母亲就如此讨厌我吗?"

桦音嘴角牵动,好像是笑,在我看来却觉得比哭还难看。他说:"难道母亲就一点都看不到我的好?"

"倘若你是一条龙,"王母睥睨着桦音,"就算不是苍龙,仅仅是一条只会布雨的螭龙,也比你是一条巴蛇好千万倍。"

"可惜你是蛇。"尖锐的话如同刀子一样在她嘴里吐出来,"本尊不管你是小小的蚺蛇,还是可以腾云驾雾的巴蛇,蛇就是蛇。"

他说:"即使我位列四方仙君,您仍旧看不起我。可是母亲您忘了,是龙还是蛇,这根本就不是我的选择。"

然后他说:"这次是我管教仙娥不力,理应与素绾一同受刑。"

我慌忙抬头看桦音,却见桦音风轻云淡,全不是当笑话说出来的,他说:"请天帝与王母恩准。"

"你想受罚？"王母冷笑，"好，那本尊成全你，就让你与素绾在天河尽头受火刑七日，从此沧弈与魔界之事，本尊与天帝再不追究。"

纤月似乎没想到王母如此狠心，她身形一晃，冲到王母面前，跪下恳求道："请王母收回成命，净火凶险，倘若伤了仙君的性命那该如何是好。"

"纤月，怎么你今日也疯魔了？"王母的语气不带一点感情，"还是说，你愿意同桦音一起受刑？"

纤月身子一歪，栽倒在地。

天河啊，我心不在焉地想，用那么美的地方做刑场，实在是可惜了。

——修仙之人薄情寡欲，再美的美景也不觉得美了。

沧弈诚不欺我。

走进净火中央的时候，我听见桦音说："素绾，我会保护你。"

他问我："倘若我们能渡过这一劫，我便娶你做仙妃，好不好？"

我摇头，果断而决绝地告诉他："恩公，我有爱的人，我爱的是沧弈。"

"他害你至此，你也爱他？"桦音问我。

"爱不会变，但是有多爱，就有多恨。"净火肆虐地爬上我的衣衫，终于将我整个人笼罩起来。

我分明听到桦音说："素绾，是我没用。我总想着保护你，可是在人间不行，在天界也不行。既然我不能保护你，那就与你一同承受这份痛苦，或许能让我好过一些。"

他说："相思则披衣，言笑无厌时。"

我听过桦音说这句话,是在邺城的时候,我与他在槐树上挂了那么多的灯笼,我问他:"恩公,你可有什么心愿?"

相思则披衣,言笑无厌时。他看着我的眼睛,与我道。如今他又说给我听,他问我:"素绾,你不明白我的心思吗?"

我明白,现在我终于明白了,正是因为明白,所以我才不能接受。

火舌舔舐着我们的皮肉,我是锦鲤自不必多说,而巴蛇依水而生,我很清楚,桦音是受不得这净火之刑的。可是他坚定地与我站在一起,源源不断地将灵气渡进我身体,我想我坚持不了多久了,我说:"恩公,你走吧,倘若我死了,那就是命。"

"说什么混账话,"桦音说,"有我在这儿,你不会有事。"

我被净火烤得直冒虚汗,终于连站也站不稳。桦音抱着我靠在他肩头,他说:"素绾,你知道我在人间第一次见你是什么感觉吗?"

他接着说:"看你傻傻地叫我恩公的时候,我在想,世间怎么有这么好看的女子。我在宫中那么久,所有人对我的好都是带着目的,只有你什么也不图。"

他说:"我真的把你当作一束光,可是无论我怎么努力,都活不到你那么干净纯粹。我身上的负担太多了,在凡间如此,在天界仍是如此。"

他说:"我能护着你,那就够了。"

"桦音。"

我听见纤月的声音,还以为是自己生的幻觉。

她站在净火之外,对桦音道:"你放心,我会和王母求情,早日放你出来。"

"不必劳烦纤月仙子,"桦音直截了当地拒绝她的好意,"区区净火,桦音尚且承受得起。"

"你这是何苦?"纤月那副神伤的模样我见犹怜,"你对我,就连一点,一分一毫的喜欢也没有吗?"

她说:"我知道我在你面前一向不讨喜,但是……"

"没有但是。"桦音说。

我听着他们俩说话,越发觉得浑身上下一点力气都没有,又连着喷出好几口血,把桦音的衣衫染得血淋淋一片。

这都是我的报应,如今受的疼、受的苦,皆是因为爱错了人。

我爱沧弈,有多爱,就有多恨。

"恩公,我疼。"我说,"周身上下,从里到外,没有一处不疼。"

桦音吓坏了,他将我抱得更紧,慌乱道:"你别怕,很快咱们就能回到飞霄宫,或者去别处也好,以后的日子再也不会疼了。"

他说:"以后有我,你便再不会这样疼了。"

后来我听说,是纤月求天帝开恩,这才使天帝心软,将七日的火刑改为三日。

纤月对我说:"素绾,我不是为了帮你,我只是心疼桦音。"

她说:"我讨厌你,讨厌到恨不得你死在我面前。"

桦音用万年修为支撑我不死,我想我始终是欠着他的,之前是一片鳞,现在是万年修为,恐怕我还都还不完。

桦音说:"别想着沧弈了。"

他说:"他现在是魔界界主,自古正邪不两立。不值得。"

鬼使神差地,我突然问道:"恩公,倘若现在天界攻打魔界,当如何?"

"伤敌一千,自损八百。"桦音如是说。

顿了顿,他又道:"魔界的确大势已去,但是天界也不过只剩一个空架子罢了。"他早将这其中种种看得通透,"除非天帝疯了,甘愿赌上整个九重天去剿灭沧弈。"

天帝当然没有疯,疯的是我。

我又和以前一样,做一个普普通通的仙娥,听柳笙讲一些天界的趣事,可是我却笑不出来。有时我路过红鸾司,浮玉会给我包一大把糖块蜜饯,问我最近心情可好。她们都小心翼翼的,不敢提"魔界",不敢提"沧弈",甚至连"枢云宫"也成了禁词。

她们都是关心我的人,待我好,怕我难过,我不好拖累她们与我伤心,也自动自觉地不去想、不去提。

那些日子,我总去天河默默饮酒,喝醉了就睡觉,睡醒了再回去。喝醉的时候我就会想起天虞山,想起鹿城,想起灵隐寺。

只有醉了才能放肆地大哭,喜怒哀乐,终于掌握在自己手里。

恍然想起,我许久都不见采星了。

我许久没去枢云宫,只觉得这里荒芜了许多,一进门就看见采星枯坐在院子里,面前摆着厚厚几沓婚书。

"做什么呢?"我问。

采星听出我的声音,手上的动作顿了一下,然后尴尬地笑了笑:"主上不在，这些婚书便由我代笔了。"

——"我可曾给你写过？"

——"倘若我们在天界相识，想必那时我就已经十分喜欢你，怎么可能没给你写过。"

我心口倏地一痛：这一步一步的，都是算计。

采星似乎没有以往那样与我针锋相对，她道："主上与你的事情，我听说了。"

她拿起婚书的时候，我忽然看到她手腕处触目惊心的伤疤，便上前一步拽住她问："这伤疤是怎么来的？"

"你自己也受了刑，怎么会不知道。"采星笑了笑，"主上是魔界的人，我这样的仙娥自然也有通敌之嫌。"

她那么风轻云淡，好像为沧弈做什么都是理所应当的，不求回报的。

"我替主上给你赔礼。"她似乎想起什么似的，将左手伸向我，那手心幻化出一颗月牙色的小珠子，"这是我千年的修为，虽然于你的伤而言不过是杯水车薪，但是请你收下。"

"这是做什么？"我不敢收，深知这是她毕生灵力，便笃定道，"你快收回去，我不用你赔我什么。"

"我之前对你百般刁难，是我不对。"采星将珠子塞进我手里，终于不再看我，"你走吧，枢云宫是个伤心地，以后也不要来了。"

我看着手心里的珠子，以及珠子下面清晰的般若花印记，更觉得这段时间的故事仿佛一场大梦，如今梦醒了，什么都没有了。

此后又一千七百年，日子如流水一样过去，我甚至已经忘了沧弈的

模样,只是偶尔在梦里见到他,看得又不甚清楚,只隐隐约约勘破大概,便有一柄剑刺穿我胸口。

但是我不知道,这场梦竟然还没有结束。

这年十月初十,乃是天帝之师玉清真王的寿辰。王母在通明殿大摆宴席,我们这些仙娥难得忙起来。桦音悄悄告诉我,王母虽然将请帖广发三界,却独独没有邀请沧弈。

我有一千七百年没有听过这个名字,再次听桦音说出这两个字,恍然觉得有些失神。

"不请也好。"我说。

桦音看了我许久,长叹一口气:"素绾,自渡劫回来,我便再没见到你笑。"

他说:"我知道你难过。素绾,只要你给我这个机会,我定会倾尽所能对你好。"

说着,他牵着我的手。

烛影摇晃,映得桦音那双眸子亮晶晶的,干干净净,简直是玉一样的人儿。

我说:"恩公,你这样好,会是九重天上任何一个仙娥的依靠。但是我不行,"我坚决地把手从他手心抽出来,"我叫你一声恩公,就注定了咱们之间只有恩情。"

桦音眉头深深皱起,末了终于长叹一声:"我就知道你会这样说。"

他转身便走,背影落寞又孤寂。

那夜我许久未睡,深夜信步至窗下,才见他独自一人坐在离香池旁对弈，自己下了黑子，又自己落一颗白子，黑子若是有了几分胜算，便兀自微笑，只是他的目光飘到离香池空空荡荡的湖面，脸色又很快冷下来。

我本想为他披一件衣裳，思量再三，终究还是关紧窗子，不再去看。

我们就像两只刺猬，在天界这个清冷的极地，我们靠在一起取暖，又唯恐靠得太近伤了对方。这样矛盾的两个人，怎么还能不顾一切地爱呢？

宴席当日,先是玉清真人在凌霄殿为诸仙讲道,桦音等上神自然是端坐一阶仙位,红鸾司、三清观等有名有号的仙子们坐中阶,我这等无名散仙,只有和诸位仙娥席地而坐的份儿。

我跟着柳笙去听,隐隐约约听得什么"有为法,有无法",听得我打着哈欠眼泪直流。柳笙小声道:"你若实在不愿意听,那就偷偷走吧。"

顿了顿,柳笙又说:"我看那玉清真人闭着眼睛,恐怕都不晓得台下有几个人听他讲道。"

我再这么一看,更觉得柳笙说得十分有道理。那玉清真人白须白发,闭着眼睛讲道法正出神,怎么可能注意到我呢?想到这儿,我便提着裙摆站起身,蹑手蹑脚做贼一般要逃出凌霄殿。

"何等小仙,如此散漫?"

玉清真人的声音响彻整个凌霄殿。

我心道不好,转过身恭恭敬敬要跪下认错,却见玉清真人微睁眼睛,道:"小丫头,你上前来。"

"我?"我用食指指着鼻尖,还以为自己听错了。

玉清真人点点头,示意我没错。

凌霄殿上的诸位神仙都好奇地朝我看,我一步步走到玉清真人面前,他端详我许久,叹息道:"果真是业障。"

他说:"小丫头,你可真是不一般。"

桦音神色一凛,很快又恢复如常。

"真人刚才所说的,我一句都没懂。"我如实回答。

玉清真人先是点点头,而后又摇摇头,他问道:"丫头,你可愿到我座下修法?"

"到您座下修法,与现在可有什么不同?"我问。

玉清真人道:"青灯古佛,断情绝爱。"

我又问:"那修成了,我又有什么能得到的?"

他又回答:"止杀保命。"

"我不去。"我说,"倘若活着只是为了活着,留着万千年的寿命守着青灯古佛,那神仙还不如凡人快乐。"

"罢了,果然如此。"玉清真人看着我微笑,终于叹息一声,与天帝道,"这丫头留不得。"

我不知道玉清真人到底与天帝说了什么,只知道一番耳语后,天帝的脸色陡然变作灰白,他召来殿外的天兵,二话不说,将我押下。

桦音抢先一步护在我面前,朗声问道:"天帝此举何意?"

"她与魔界勾连,今日一定要杀。"天帝再不复往日那般温和慈祥。他用那么笃定的话语抹黑我,仿佛我下一刻便有能力撼动他的地位,从而摧毁整个天界。

"沧弈的事已过千年,素绾也受了应有的惩罚,为何天帝还是抓住这一点不放?"桦音又问。

面对诸仙的质疑,面对桦音的质问,天帝嘴唇翕动,最后终于大声

喝道:"你可知她是什么?她是你和沧弈的业障,倘若她现在不死,那么以后死的就是我们每一个人!"

玉清真人双目微合,轻轻点头,道:"只有她今日死在凌霄殿上,方能平息这场祸事。"

仙,乱了方寸。

我这时才知道,原来神仙也和人一样怕死。

玉清真人的预言让凌霄殿的众仙慌了手脚,一向以公正严明著称的司法星君首先发言,对天帝提议:"陛下,这仙娥千年前便勾结魔界,罪名属实,不如在洗魂台上剔去三根仙骨,再处以魂飞烟灭之刑,以儆效尤。"

司法星君的话,终于给了殿上诸仙一个合理的借口。一时间,偌大凌霄殿人声鼎沸,之后是穿黑帽白衫的北斗仙君上前谏言:"臣等附议司法星君所言。"

他们自发地跪下,叩首。我居高临下地俯瞰着一个个乌黑的头颅,听他们撼天动地地呼喊着:"臣等附议司法星君所言。"

桦音似乎没想到这个情景,他瞠目结舌的俯视着他们,许久未曾说出一句话。

可笑吗?在一群人的生命面前,我显得如此渺小。然而我最恨的是,在那一颗颗乌黑的头颅中,我分明看到了浮玉与柳笙的脑袋,她们明明送过我蜜饯糖块,此时却毫不犹豫地站在那群仙人之中。

我知道,谁都不想死。

我被封了术法,推推搡搡被带到洗魂台。桦音寡不敌众,在他最后一次拼尽全力挡在我面前的时候，我分明听到王母无不怜爱地喊了他一声："音儿。"

王母说："我不想死。她是你的业障，母亲也不希望你死。"

他迟疑了，只那一瞬，北斗仙君便将他降服在地。

"杀了她！"

人群中不知是谁大喊一声，霎时间铺天盖地的喊叫声肆虐地传进我的耳朵：

"勾结魔界，杀了她！"

"杀了这个妖女！"

"杀了她！"

勾结魔界，妖女，我何曾做过这些莫须有的事，为何承担这些莫须有的罪名？我宁可希望他们喊的是"杀了她，我要活命"，至少这句话可以让我感觉自己死得尚且有一点价值。

洗魂台上，所有人都围着我，好像在看一只猴子。人群中出现一道怜悯的目光，是采星悲悯地看着我，她那样的神色，我似乎从未见过。

天帝说："你可知罪？"

"素绾无罪。"我斩钉截铁地道。

天帝狠狠覆手，一根仙骨从我身体中剥离。我疼得蜷缩在地上，整个人如同一条扭曲变形的毛毛虫。但是我没有喊痛，只是攥紧衣袖，缓了片刻，依旧支起身子道："素绾无罪。"

天帝冷笑，又一根仙骨从我腰腹处剥离，我疼得浑身直冒冷汗，仿佛刚在水里逃出来似的，我清晰地听见天帝问我："你可知罪？"

"知罪如何，不知罪又如何？"我道，"反正今日难逃一死，我就是咬定了自己无罪又能如何？"

最后一根仙骨终于也被剔除体外，我痛得简直要昏厥。隐约间，我看到人群中有人在笑，仿佛在笑自己终于安全。我看见浮玉和柳笙蹙着眉，始终一句话都没有说。

我两眼发黑，洗魂台的一切已经看不清楚，忽然，我见一抹玄色从下界飞至洗魂台上。下一刻，沧弈拦腰将我抱起，他手持长剑，对着一干神仙冷冷道："本尊以为天界有多光明磊落，原来也是行此等腌臜虚伪、为人不齿之事。"

一千七百年未见，他更瘦了，好像憔悴了许多。我爱他，又恨他，这个纠缠了我千年的梦，终于再一次回来了。

北斗仙君怒喝道："沧弈，我没想到你竟是如此宵小之辈。"

"宵小之辈？"沧弈似笑非笑，右手挥剑。

北斗仙君便无故挨了一击，我听沧弈对北斗仙君道："好歹本尊也是魔界之主，你一口一个宵小之辈，怕是连规矩也不知道了。"

天帝道："沧弈，你无故闯我天界，意欲何为？"

沧弈目光并不看我，只道一句："救人。"

"诸仙在此，你就不怕有来无回？"天帝又问。

"那你们大可以试试。"我见他横起长剑，霎时间杀气漫天。

千钧一发之际，玉清真人从天帝身后踱步而出，大笑道："沧弈界主，久仰大名。"

顿了顿，玉清真人道："界主想救人，天庭自然卖这个面子。"

天帝便不再说话。

沧弈微微点头以示谢意，而后带着我头也不回地离开洗魂台。我见他微皱着眉，脸色很差。

他说："你还真是麻烦。"

"界主可以不救我。"我说。

我并非与他置气，哀大莫过心死，我说："就算你现在将我送回洗魂台，我也不会有半点恨你。"

可是他没有，他抱着我回到青要山，有时手肘无意碰到我的腰腹，我便疼得直打战。

一路无话。

我本以为回到青要山，最先见到的应该是瑶歌，可是迎接我们的却是拂柔，那个黑衣红唇的美艳女子，她鬓边别着一朵娇艳的虞美人，红艳艳的，那样扎眼。

"呀，这便是曾经让界主钟情的天界仙娥？"拂柔故意凑上前，"果真生得俊俏，难怪界主喜欢。"

沧弈瞥她一眼，目光如刀子一般。我本以为他会如往常那样厉声呵斥，没想到他的神色陡然温柔几分，道："拂柔，不许乱说话。"

然后他对我说："这是我的侧妃。"

我"嗯"了一声，只觉得聒噪，便把头转到另一边不再看她。

"你这样与本尊怄气，是因为你觉得本尊惦记着你。"他手一松，将我抛在地上，"本尊今日路过洗魂台，不过做一个顺水人情而已，你

不必太感谢。"

我险些昏死过去,还是瑶歌刚好回到青要山,将我安置在她的住所中。

是夜,月明星稀,我与瑶歌挤在一张床上,听她对我说:"你不必太难过,界主只是刀子嘴豆腐心,他……他应该是……"

"你不用为他开脱。"我道,"他什么样,我心里清楚。"

"唉……"瑶歌只是叹气,"他什么样,恐怕他自己都不清楚。"

瑶歌又问我:"你呢?接下来怎么办?"

我盯着黑暗中的一团虚无发呆,心不在焉地回答:"天界是回不去了,我想去凡间走一走,待到万年后魂魄归元,也算没白活一遭。"

"不如就留在魔界吧,"她说,"留在界主身边,这样多好。"

我摸过她的手放在我心口,笑了笑,道:"你看,这颗心已经不会跳了。"

我说:"哀大莫过心死,他的意思我已明了,留下只是添麻烦。"我还是忍不住问她,"那个拂柔是怎么回事?"

瑶歌便愤愤不平起来,道:"谁知道她怎么迷惑了界主,也不知从哪儿打听到界主喜欢虞美人,竟然敢戴着虞美人来邀宠。界主居然真就着了她的道,甚至还封了她一个侧妃当。"

我不再追问,只由着瑶歌滔滔不绝。其实我还有许多想问,只是看她这副模样,又觉得千言万语说不出口。我伸手抱着她,轻声道:"夜深了,睡吧。"

瑶歌叹了口气,很轻很轻。

我在青要山将养几日,身体终于有了好转的迹象。如今我没了仙骨,仙不仙魔不魔,竟然成了一个轮回于三界之外的怪物。好几次我想着偷偷离开青要山,却被瑶歌捉了回来。

自那次沧弈救我之后,他便再没露过面,唯独有一次我路过不秋殿,见他一个人调息打坐,忽地喷出一大口乌黑的血来。

我几乎要冲进去,却终于按捺住自己那份心疼。我想我应该是恨着他的,便一动不动地杵在门口。我眼睁睁地看他昏倒在地,夜里的风穿堂而过,又冷又刺骨,我到底还是舍不得,就将他背到案边,掐了个诀幻化出一件大氅,轻轻盖在他身上。

沧弈似乎是察觉到我的存在,便喃喃自语,问道:"是拂柔吗?"

或许他是真的喜欢拂柔吧。我想,也对,他们才是一样的人,她比我更合适。

"是。"我答。

他微合着眼,命令道:"为我取一盏茶来。"

我倒了一杯热茶,拿给他:"小心烫。"

闻言,沧弈忽地睁开眼,见面前的人是我,劈手将那杯茶打出好远。杯子骨碌碌在地上转了一圈,那杯茶,十之八九都烫在了我手上。

"你连喊疼都不会了?"他面带愠怒,似乎是很气我这副什么都不在意的模样。

我说:"不是很疼,所以不用喊。"

他用一种难以理解的眼神看着我,突然伸手把我拽到怀里,旋即俯身将我压在他身下,还没等我反应过来,薄唇已经霸道地覆在我唇上。

　　我觉出一丝血腥的味道，后来才晓得，原来是他将我的唇咬破了。

　　"你是木头人吗？"他质问我，"难道在我面前，你就连一个活人都不会做了吗？"

　　我看着他不说话，这双眼睛，这张脸，我在梦中见了无数次，也幻想了无数次，我以为我会恨得牙根痒痒，可是当他出现在我面前的时候，我才知道，最大的恨便是心死，原来沧弈已经无法在我心里激起波澜。他疯狂地吻我，从嘴唇，到脖颈，到锁骨，或许用"啃咬"形容更加合适，他好像等着我给他一点反应，可是我偏不。

　　"沧弈，"我平静地说，"你发过誓，倘若对我半分动情，便不得好死。"

　　他的动作顿住了，然后他哈哈大笑。

　　"好，真好。"沧弈抚掌大笑，"素绾，你可真是让我刮目相看。"

　　他说："还是你觉得，本尊爱你入骨，所以才容你这样放肆？"他掐着我的脖子，一点一点发力，"本尊可以像杀了蝼蚁一样杀了你。"

　　"那就快点动手吧。"我颓然地笑，"你千年前赐我一剑，如今成全我一死，这很好。"

　　我闭着眼，有一滴泪从眼角滑落在他手上。

　　"要杀就杀，既然不爱我，那就不必互相折磨了。"我说。

　　"本尊不会杀你。"沧弈突然松了手，"本尊不仅不杀你，本尊还要娶你。"

　　这下换我愣住了，我听他继续道："界主夫人这个位置很好，很适合你。"

他说:"你说得对,正因为不爱了,所以才要互相折磨。"他捏着我的下巴,迫使我抬起头看他,"娶一个不爱的人做妻子,嫁一个不爱的人做丈夫,这样的人生才有趣。"

疯了,一定是疯了。

"你疯了。"我说。

诚然,沧弈向三界证明了他此言非虚。第二日,我便收到大红的婚书,上面写的两行小字是:长发绾君心,幸勿相忘矣。

"长发绾君心,幸勿相忘矣。"我念这两行字,不停地掉眼泪,也说不出心里是什么滋味,只是我想起当日在天界的时候,在枢云宫,我在沧弈面前一笔一画写"素绾"两个字,还有沧弈对我说,用长发绾住爱人的心……

倘若一切回到最初就好了。

瑶歌不知其中隐情,只以为我和沧弈是水到渠成,也乐得为我俩筹备婚事。仅是喜服她就准备了三四套,凤穿牡丹、百鸟朝凤、朱雀挥羽,一件件地拿过来展开,问我到底喜欢哪个。

我一件件地看了,指着最后那件鳞纹的喜服道:"就这个吧。"

瑶歌就很欣喜地告诉我:"你和界主真是心有灵犀,这几件里他一眼就看中这件螭纹的。"

我忽地想起,瑶歌身上那股橘子香气不见了,就故意打趣她:"看来回到魔界也不怎么样嘛,连橘子都吃不到了。"

"在魔界不似人间那般安逸,而且我最近忙得很,没时间出去买东

西。"

瑶歌顺势在我身边坐下,接着说:"你不知道,我与界主刚回来时,魔界正是百废待兴的时候,我们唯恐天界趁机出兵,日日防夜夜防。"

说到这里,她拽出一缕头发给我看,委屈巴巴道:"你看你看,这段苦日子熬得我头发都白了。"

她叹息:"我熬得这么委屈,界主又何尝不是呢。比起我这个小小的护法,他的责任更大,也更重。"

我看不透他。

在瑶歌面前的沧弈,永远是另外一个样子,好像她能看透他所有的弱点,而我却窥探不出分毫。

"坏了。"她突然察觉到什么,站起身惊慌道,"有人破了鹿城的结界,正往青要山的方向来。"

她抬手幻化出一面镜子,我清楚地看到桦音打破鹿城的结界。

瑶歌眉头一蹙:"他不是天界的人吗,来青要山做什么?"

"恩公是来找我的。"我道,"他一定是要接我回去。"

"那可不行,你是我们魔界的界主夫人,他来接算什么。"瑶歌抢先一步出门,将我关在屋里,挥手设了一道结界,"小素绾,等我把他赶走,再来陪你聊天。"

我伸手要推门,只觉得无形中有一股阻力,无论我用了多大的劲儿都无济于事。正当我愁着如何开门,大门却突然从外面打开了,那薄薄的结界也如琉璃一样碎成一地。我看到沧弈站在门口,睥睨着我,冷冷道:"你要去哪儿?"

"恩公来了，"我说着就要走，"我去见他。"

他挡在我面前，问道："是要见他，还是要和他回天界？"

"你管不着。"

他粗鲁地拽起我的胳膊，一字一顿说："你是魔界的人，便是本尊的人，倘若本尊都管不了，那谁能管？"

"我何时成了魔界的人？"我反问他。

"你没了仙骨，难道还是天界的人？"他揶揄我，"你应该谢谢本尊收留你。"

我看着沧弈，明明他的脸那么熟悉，却好像变了一个人似的，他拽着我胳膊的那只手，腕上还有一道清晰的红印，那是我戏谑着系在他腕间的头发。

"你想见桦音，这也不难。"他抓着我御剑而去，我在剑上趔趔趄趄站不稳，险些从半空中掉下来。

再见到桦音，是在青要山外，他依旧是那身白色衣裳，与沧弈形成极其鲜明的对比。

"素绾，"他见我出现，十分欣喜，"你放心，我这就带你回去。"

沧弈却反手将我藏在身后，嗤笑道："请桦音仙君看清楚，这位是我未过门的妻子。"

桦音回敬他："素绾是天界的人，自古仙魔不两立，两相欢好更是无稽之谈！"

"哦？"沧弈挑眉，说出的话更像是质问，"桦音仙君口口声声说素绾是天界的人，本尊还没见过连仙骨都没有的仙呢。"

他说:"本尊想问,当日素绾在洗魂台上时,桦音仙君在哪儿?"

桦音的脸色登时变得煞白。

沧弈又说:"仙君贵为天帝之子,竟然连一个仙娥都保护不得?"

沧弈攥紧我的手腕,我几欲呼痛,听他咄咄逼人道:"就算我现在让素绾跟你走,你能带她去哪儿?还是说,桦音仙君甘愿放弃仙位,与素绾逍遥人间?"

"这些事情,本座自会解决。"桦音极其苍白地回答他。

"当然有解决的办法。"沧弈冷笑,故意用话激他,"或者拖个万八千年,等你那天帝老爹魂魄归元,你成了天帝,也不是不可能。"

桦音脸色难看极了,我见他指尖轻点半空,便唤出一只无弦的古琴。他道:"天家之事,区区一个妖魔,休得胡言乱语。"

"伏羲琴?"沧弈呵道,"看来本尊今日有幸跟着仙君开眼了。"

沧弈将我推到瑶歌身边,挥剑朝桦音而去。

桦音显然不是沧弈的对手,虽有上古神器伏羲琴加持,仍是过不了三五招。我看沧弈一直占上风,唯恐那柄长剑伤了桦音,便大声道:"恩公,你还是走吧。"

我说:"是我要嫁给沧弈,他并未强迫我。你知道,我心中放不下他,所以才自愿留在魔界,与他成婚。"

桦音愣了,伏羲琴重重跌在地上,只是一晃神儿的工夫,沧弈的剑已经横在他脖子上。

"你说的,是真的?"桦音问我。

我点头,一字一句对他说:"我说的句句属实,是我不愿回天界。"

为了使他信服，我故意加了一句："天界的人负我伤我，我怎么可能回去。"

我说的，既有真，也有假。天界的人负我伤我，可是我恨的不是天帝，而是那些平日与我交好，却在洗魂台上站在诸仙中的人。

我的恨太多太满，多得已经这颗心已盛不下，对沧弈如此，对天界亦然。

我已经三千四百岁了，到底是什么都没看透。

桦音被沧弈囚禁在青要山。沧弈说："既然你念着桦音的好，那本尊就把他一同留下来陪你。"

言下之意，倘若我有半点不从着他，他便要立即杀了桦音。

"你在要挟我？"我问他，"你知不知道你现在这样子多卑鄙？"

沧弈怒极反笑。我不知他为何生了那么大的火，记忆中，这还是他第一次吼我，他说："你那么喜欢桦音，不就是因为他给你一片鳞吗？"

他说："倘若不是桦音，而是我给你一片鳞，你会如此对待我吗？"

"可惜不是你！"我大声道，"可惜是恩公与我一千七百年朝夕相处，可惜是恩公无意间遗落一片鳞，可惜我的恩公是桦音不是你沧弈！"

末了，我说："是，我喜欢他，就因为一片鳞，这个答案你满意吗？"

"果然是这样，"沧弈牵强地挤出一个笑来，颓然地望着我，"很好。"

之后他走了，连一句都没有多啰唆。

我两腿发软，瘫坐在地上。

也不知过了多久,瑶歌突然急匆匆来唤我,她说:"你快跟我走,桦音,桦音他……"

"恩公怎么了?"我赶紧站起身,问她。

"界主要杀了桦音,我拦不住他,所以才想着来找你。"瑶歌抓起我就走,"你到底和界主说了什么,刚才不是还好好的吗?"

我没敢告诉她,我说我喜欢桦音。

等我跟着瑶歌来到牢房,见到的不是沧弈,而是胸前被刺了一柄长剑的桦音。那柄长剑的剑身明晃晃的,正闪着诡异的光。

"恩公!"我扑倒在桦音身边,眼睁睁看着他灵力四散。

我从未这样害怕"死"这个字,在我的世界里,神仙的万年寿命都是很长很长的,怎么可能这就死了呢?

我说:"恩公,我会救你,你放心,我这就到天界请天帝救你。"

可桦音只是摇头,他流了那么多血,源源不断,擦都擦不净。他嘴唇翕动,对我说:"能被素绾这样心疼,纵是死也值了。"

"不会的,不会的。"我擦干眼泪,余光看到瑶歌默默站在一旁,"瑶歌,我求你救救恩公,你要什么我都给,要我的命也行。"

我口不择言,泪眼模糊地求她:"你那么厉害,你是魔界护法,你一定知道怎样能救他。"

"不是我不想救,"她终于摇摇头,"他仙元已尽,回天乏术。"

我眼睁睁地看着桦音逐渐变成一颗颗细碎的微尘,他的睫毛,他的手,然后是他的身子……那些金色的微尘越飞越远,越飞越高,四散在天地之间,终于,我怀中只剩下一柄长剑。

原来这就是神仙的死。

最后什么也没有,什么都没剩下,连一件念想都不留。

——"看你傻傻地叫我恩公的时候,我在想,世间怎么有这么好看的女子。我在宫中那么久,所有人对我的好都是带着目的,只有你什么也不图。"

——"我真的把你当作一束光,可是无论我怎么努力,都活不到你那么干净纯粹。"

——"有了我,以后你再不会这样疼了。"

我想起那天,熊熊大火将我们围在中间,他对我道:"相思则披衣,言笑无厌时。"

他说:"素绾,你还不懂我的心思吗?"

是我的犹豫杀了他。

我看见沧弈朝我们走来,他看了看瘫坐在地的我,然后问瑶歌:"出了什么事?"

"人证、物证俱在。"我站起身,将那柄剑丢在他脚边,冷笑道,"你不必演戏了,就算我错怪你,难道瑶歌还能错怪你吗?"

我问:"你为什么要杀了恩公?"

"我,杀了桦音?"沧弈懒得辩解,只道一句,"荒唐,本尊一直在不秋殿,未曾来过这里。"

"我能给界主做证。"拂柔一步三摇,聘聘婷婷地走到我与沧弈中间,如同一只无骨的猫一样贴在沧弈身上,与我道,"今日界主一直同妾身在一起。"

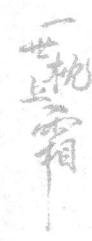

她将衣裳的领口拨开，露出一个清晰的吻痕，十分轻浮地道："姑娘若不信，上前看看自然知晓。"

我呸了一声，骂她："下作。"

拂柔便悻悻地退了两步，把衣服理了理，道："我不过是说实话，你凶什么凶。"

"这里都是你的人，自然你说什么就是什么。"我说完便走，再不愿与沧弈多讲一句。

朝日出，暮月升，青要山依旧和往常一样，并没因为桦音的死有什么不同。

有时候我甚至怀疑这是一个梦，可是桦音实实在在地消失了，天上地下，再寻他不得。

自从那天之后，沧弈很少来找我，成亲的事也被耽搁下来。我疑惑于天界竟然对桦音的死不作为，正这样想着，纤月就出现了。

我不知道她怎么突破重重结界来到青要山，她见了我，第一句话便是："桦音的事，我已知晓。"

她又说："若不是为你，桦音哥哥不会死。"语调里这才有一点悲戚的意思。

"所以，我想求你帮个忙，也算是为桦音报仇。"

不知为何，我总有种错觉，好像她并不是那么伤心。

我问她："什么忙？"

纤月见我有几分动摇，接着告诉我："天界即将攻打魔界，王母的意思是,擒贼先擒王。"

她对我伸出手,幻化出一只通体紫金色的小瓶子。她看着那瓶子说:"这里面是七绝散,纵是天帝吃了,顷刻间也会灰飞烟灭。"

我已经猜到她接下来的话,她一定是想说,让我把七绝散骗沧弈喝下。

"你与他大婚之日,便是天界举兵攻打魔界之时。"她说,"你只需把它放进你与沧弈的合卺酒中,这可一点都不难。"

我迟疑了。

"就算是桦音用一条命,与你换这一次机会。"

纤月将那只小瓶子塞进我手中。

她转身就走,我看见她头上戴着素白的钗,联想起刺穿桦音胸口的一剑,那些金黄色细碎的微尘……

"我与天界是敌人,"我说,"这是为了恩公,与旁人无关。"

我看见纤月的脚步停了一瞬,她背对着我,说了一句:"你很可怜。"

你很可怜。

我并没有消化这句话的深意,只是目送纤月越走越远,她终于身形一晃,变作一阵清风消失不见。

她一定是没有那么爱桦音,我想,我与桦音无风月之情,却能为他肝肠寸断,而她口口声声说爱他,却毫无表示,依旧纵心于权术。

我只是不知道,原来那个时候,许多事情便已现出丑陋的端倪。

来到魔界这么久,在青要山住了这些日子,我还是第一次主动来到不秋殿。

秋风落,冬风起,不秋殿前的花草凋零了大半,我还是初次发现,原来魔界也有春夏秋冬。

快冬天了。

我站在殿门前,看里面烛火斑驳,沧弈独自坐在案前写字,偌大的不秋殿安安静静,连一点细微的杂音都没有。

他这样的时候,特别像在枢云宫第一次教我写字的那天,也是这样,我鬼使神差地回头看他,他这样静静地坐着,恍若神祇。

"来做什么?"他突然问。

我四下看看,却空无一人,这才反应过来,原来他是在叫我。

"来让你教我写字。"我提着裙摆走到他身边,轻轻地坐下,"好久没见你写婚书了,想让你写给我看。"

他转过头看我,目光定格在我头上的虞美人。

"我觉得我戴比拂柔戴更漂亮。"我说。

沧弈"嗯"了一声,他随手从厚厚的书卷中拿出一张红色的纸,蘸饱了墨,写下一个"结"字。

"这句不好听,我想让你写上一句,就是我第一次见你写的那句。"我与他道。

"以前在天界闲得无聊,只有帮着红鸾司写点婚书打发日子。"沧弈难得笑了一下,便揉碎了那张纸丢在地上,又拿出另外一张,写下:长发绾君心,幸勿相忘矣。

"就是这句。"我冲他笑了笑。

"要是能回到最初就好了。"我说,"我想同你一起去天河,如果可以，我想在天河岸上建一座小房子。"

沧弈搁下笔，问我："你怎么了，好像突然变了个人似的？"

"我信你，我信桦音的死与你没关系。"我将那张纸折得工工整整，然后塞进袖子里，"桦音死了我才知道什么是珍惜，我不想再错过你了。"

沧弈好像要说什么，道："阿绾，其实在人间的时候……"

我抱着他的脖颈吻他，我对他道："沧弈，我信你，所以不必解释。"

沧弈突然把我推开，他看了我许久，简直看得我后背发毛，我生怕他看透我的那些心思，可是他什么也没说，他将我揽在怀里，问道："阿绾可会后悔？"

"我用一千七百年才揣摩透的情爱，怎么可能后悔。"我笑着道，"我唯恐你成了界主，花妖精怪争奇斗艳，把我这个鲤鱼精比下去。"

"你是说，拂柔？"他笑了，"别人都可能，唯独她不会。"

"为何？"

沧弈说："拂柔是我爹风流债中的一笔，按理来说，她该叫我哥哥才对。"

"那你为何，让她做侧妃？"我不解。

"她身世那样坎坷，最容易招惹闲话，又是那般嚣张跋扈的性格。"沧弈轻轻叹了口气，"若是不给她一个身份，恐怕早在魔界死了万八千回了。"

我联想起拂柔的语气动作，更觉得沧弈说得有理。

"快冬天了，"我看着不秋殿外衰败的花枝，"等这个冬天过去，我们就去种花吧。"

我对他道:"我以前做了一个清明梦,梦见咱们两个在天虞山上种虞美人,漫山遍野都是虞美人。"

"那后来呢?"沧弈好奇地追问。

后来,后来桦音出现了,这个清明梦就醒了。

我牵强地笑了笑,说:"没有后来,我们一直住在那片花海里,一直到我醒来。"

沧弈道:"也好,等这个冬天过去,咱们就去天虞山。"

他说:"你若喜欢,一直住在天虞山也好,而且那里靠近鹿城,我可以时常陪你上街。"

"我们成亲吧。"我突然道。

我抬起头看着他,说:"咱们成亲吧,明天,或者后天,你觉得哪天方便都可以。"

"阿绾,你今天到底是怎么了?"沧弈皱起眉,问我。

"我怕你被别人抢走。"我说,"原就是一千七百年前该做的事情,你我却一拖再拖,怕不是要拖到我两万岁,变成一个老太太才好?"

"这月初九是个好日子。"沧弈略加思索,"那就初九吧,三日后,阿绾觉得如何?"

"就初九。"我点头。

很久以后我还能想起,那天是初九,下了很大的雪,瑶歌早早催我起来,她说:"盼星星盼月亮,终于盼到你和界主成婚。"

我端详着铜镜里的自己,惊觉自己眼角已经有几条细微的皱纹。我道:"瑶歌,咱们认识一千多年了,你说实话,我是不是老了?"

"咱们又不是凡人,哪里讲什么老啊死啊的。"瑶歌讪讪笑了,"我记得初次见你的时候,我还夸你修为精进,小小年纪就会用般若元火。"

我看了看自己掌心,那朵般若花的印记依旧清晰、鲜红。

她说:"那时我瞧着世子的眼色,我们俩心照不宣,只有你傻傻地为他遮掩。"

"我这几天常常做梦,梦见我在枢云宫,还有沧弈和恩公,我们在一起吃酒。"我道,"我还梦到你和采星,还有柳笙,还有红鸾司的仙娥浮玉。"

可惜只是梦,也只能是个梦。

"之前的日子不好过,之后就好了。"她为我戴上赤金攒珠花翠玉的凤冠,"不愧是我们界主夫人,三界中再找不出一个更美的了。"

我摩挲着喜服上的绣花,那纹饰绣得太复杂,反而显得沉闷烦琐,甚至有些硌手。

她扶着我出门,一步一步走到不秋殿。我不愿太嘈杂,所以这场婚礼只有我们几个，拂柔甘愿充当花童的角色，为我们召来漫天的斑斓花瓣。我在台阶下抬起头，隐约可见沧弈站在不秋殿门前，他身着红色的喜服，远远看去是那么挺拔的一个男人。

他注视着我朝他走来，眼中满是深情。

我猜，他应该不知道，我是要杀了他吧？

我终于靠近他，终于与他并肩而立。

他说："阿绾，我好几次梦到这样的场景，今天终于发生了。"

"梦是假的，我才是真的。"我对他温柔地笑。

沧弈牵着我的手，跪拜天地。

他说："我沧弈此生，只钟情素绾一人。"

这话其实很矛盾。

我清晰地记得，在他要杀了我的时候，他发过的誓，说过的话。

但是，我没有提。我与他挽手回到不秋殿，我说："咱们该饮合卺酒了吧？"

沧弈笑着说："你看我，开心过头，都忘了大事。"

"我去吧。"我把他拦住，转过身倒了两杯酒，将藏在指甲里的七绝散兑进酒杯，"喝了这杯酒，咱们就是夫妻了。"

沧弈却不急着喝，他说："阿绾，你当真不后悔？"

"我口口声声说嫁给你，怎么会后悔呢？"我勉强地笑了笑，他这样让我很慌，我不确定他是不是知道那杯酒有问题，只能强作镇定。

他脸上的笑容逐渐冷却，终于和往常一样，面色平淡道："阿绾，你还是恨我的，对吧？"

我没话可说。

沧弈将杯子里的酒一点一点地倒在地上，他问我："这酒里掺的是什么？"

"是毒药。"我道。

我索性撕破脸皮，说："连神仙喝了都会灰飞烟灭的毒药。"

"因为我恨。"我看着他，那双琥珀色的眸子依旧干净清澈，"我恨你用魔界世子的身份欺骗我，我恨你在人间刺穿我心口的一剑，我恨你对我无情无义，我恨你杀了恩公，杀了这世上唯一一个对我好的人！"

"世上唯一一个对你好的人？"沧弈好像是笑了，他反问我，"什么叫对你好，你告诉我，于你而言，什么叫好？"

"你少为自己开脱。"我说，"沧弈，我看得清清楚楚，你每一步都在算计我，你以为我会帮你杀了恩公，你不过是希望利用我成为你在天界的耳目！"

我质问他："我知道，你如今对我的好，也是为了骗我，对不对？"

沧弈不可思议地看着我，许久许久以后，他又笑；"原来在你心里，我一直都是这样。"

他道："好，你想听什么，我说给你听。"

"你认为是我杀了桦音？"说到这里，他抚掌大笑，"那好，桦音就是我杀的，可是你能将我如何？"

他说："若不是你逃避推诿，桦音怎么会死？倘若你早做出决定，事情绝不会发展到如今的地步。"

"你别说了！"

我下意识地后退几步，捂着耳朵逃避沧弈所说的话。我说："你别说了，是你杀了桦音，是你一直在骗我，是你一直骗我，你们都骗我。"

"你从来都没有长大过，你活了两个一千七百年，依旧只是一个孩子。"沧弈每一句都正戳在我心头最软的地方，"如果你再犹豫下去，事情就会更糟，到时候死的就不仅仅是桦音，还有采星，还有瑶歌，甚至是纤月、柳笙……"

我想起那天在凌霄殿，玉清真人与我说过的话。

——"止杀保命。"

——"你可知她是什么？她是你和沧弈的业障，倘若她现在不死，那么以后死的就是我们每一个人！"

——"勾结魔界，杀了她！"

——"杀了这个妖女！"

——"杀了她！"

我不杀伯仁，伯仁却因我而死。为什么？我明明什么都没有做，罪名却要由我一个人承担？

从始至终，我不过是爱错了一个人，为什么每个人都来指责我，为什么每个人都要我死？

"阿绾，你错了，你错在不知何为情，不知何为爱！"沧弈对我道。

"你别说了！"

一盏般若元火突然从我掌心飞出，十分精准地打在沧弈心头。

我看见他缓慢地、缓慢地倒下，他的血和红色的喜服融为一体，反而不是那么显眼了。他说："阿绾，你为何不能信我一次呢？"

我用他赠予我的元火杀了他。

沧弈死了,和桦音一样,化成一抹微尘,飞散于天地之间。

你为什么不能信我一次呢?

不秋殿外的雪更大了。

我们终究是没有度过这个冬天,沧弈,我再不能与你种花了。

我推开大门,只见瑶歌持弓箭站在不秋殿门前,她定定地看着我,终于嘴唇翕动,道:"你杀了沧弈?"

那阵微尘,她一定是看到了。

我本来想说什么的,却如同被封了哑穴似的,什么也说不出来,最终只有颓然地点点头。

良久的缄默,她的弓落在地上,溅起一地碎雪。

"你凭什么,"她冲上前抓着我的衣领,恨不得就地将我千刀万剐,嘶吼着质问我,"凭什么?你凭什么?三界人人都可以杀他,只有你素绾,你没这个资格!"

我木然地看着她,说的什么,做的什么,什么都模糊了,我无力反驳:"我没有,不是我要杀了他,是元火……"

"元火千般变化,若非你起了杀心,它怎会无故杀人!"瑶歌忽地跌坐在地上,她哭得那么撕心裂肺,衬得我是这般铁石心肠。

她爱他。

什么是爱?

明明心中毫无波澜,为何我会流泪?

白雪落在大红的婚书上，那么干净纯粹，好像是很久很久以前，那时我还是一介卑微小仙，我看他伏在案上写婚书，他写：长发绾君心，幸勿相忘矣。

就是那个时候，我把头发缠在他手腕上，我说：结发为夫妻，恩爱两不疑。

我抬手摘下头顶的虞美人，任它在我手里枯萎，风干，化成一捻灰尘随风而去。

——"除非我死，否则此花常开不败。"

那朵花，死了。

我站在不秋殿门前俯瞰天下，天界的精兵已经浩浩荡荡杀入魔界，我看到桦音抱着伏羲琴出现在青要山下。那一刻，我以为是自己看错了，但是没有，的确是桦音，他仍旧那般干净清澈地站在我面前，他说："素绾，我来接你回飞霄宫。"

"你不是……"我怔怔地看着他，"你不是死了吗？"

桦音没死，那沧弈呢？

我发疯一样冲回不秋殿，我说："沧弈，你在吗？桦音回来了，你呢？你回来吗？"

偌大的不秋殿空空荡荡，显得我是那样渺小。任凭我怎么发了疯似的找他、寻他，没有给我任何回应。

"素绾，你不与我回去吗？"桦音在距离我一步之遥的地方，轻声问。

我说："我要把沧弈找到，你都回来了，他自然也该回来。"

我说："我要和他认错，是我错怪他了，是我错了。"

我感到冷,从内而外的冷,比不秋殿外的风雪更加寒气逼人。我跑出不秋殿唤沧弈的名字,可是四周都没有沧弈。

不对啊,桦音已经回来了,他也该回来了。

"哈哈哈,哈哈哈……"瑶歌张狂地大笑,"我知道了,咱们都被骗了,咱们都被骗了!"

"素绾,你以为你身边的是什么人?"她放肆地大笑,笑着笑着就泪流满面,"你口口声声念着恩公,却不知道你这个恩公骗你最深!你可知你内丹中的是什么鳞?是龙鳞!是沧弈身上唯一一片逆鳞!"

我如同被人当头敲了一棒,我追问:"你说什么?你再说一遍!"

桦音手疾眼快,在瑶歌身上施了一个诀,瑶歌便软软地倒在地上,再说不出一句话。

"你杀了她?"我转过头瞪大眼睛问桦音。

桦音摇头:"只是让她昏睡片刻而已,你不用担心。"

他说:"瑶歌只是胡言乱语,你别听她的话,乖,我带你回天界。"

我突然想起纤月将七绝散交给我的时候,她说:"你很可怜。"

她说得没错,我是真的可怜,谁都可以骗我,谁都可以伤我。

"我不回去。"我说,"我要等沧弈回来,我要问问他到底是怎么回事,怎么人人都知道的事情,只有我不知道呢?"

"你想知道的,我会慢慢说给你听。"桦音扶着我的肩膀,柔声细语道,"如今平定魔界,母亲再不会阻拦我了,我娶你做仙妃,好不好?"

不好,一点也不好。

我问他:"你只需回答我,那片鳞,到底是谁的?"

桦音目光躲闪着我的眼睛，什么也不必说了，这就是最好的答案。

我终于不知道谁是对的，谁是错的了。沧弈应该是爱我的，可是为何在邺城，他的剑那样不留感情？桦音应该是骗我的，可是为何又百般温存，对我这样不计回报地好？

还有那片鳞，沧弈明明是最先看到那片龙鳞的人，为何他不告诉我真相，而是将错就错，把这份恩情推给桦音？

——"白则素，红则绾，就叫素绾吧。"

——"素绾，既然你这么难为情，不如放弃桦音，只报我的恩吧。"

——"你与他的情，是什么情？"

——"总有一日你会懂。"

——"有时我甚至觉得我像一条龙，那你一定是我丢失的逆鳞。"

——"你要是不死心，我可以发誓给你听。"

——"我沧弈，若对素绾半分动情，此生便命丧爱人之手，永不入轮回。"

——"这月初九是个好日子。"

——"阿绾，我好几次梦到这样的场景，今天终于发生了。"

回忆的最后，是沧弈捂着胸口，他苦笑着问我："阿绾，你为何不能信我一次呢？"

我忽地心头一痛，旋即吐出一大口血。浑浑噩噩间，我清晰地听到一个声音，她说："我素绾对天发誓，若有辜负沧弈，便请天地取我一魂一魄，死后永生永世不入轮回。"

如今果真应验了，沧弈说，他若对我半分动情，便死于爱人之手；

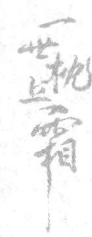

我说,倘若半点辜负,便要天地取走我一魂一魄。原来最终检验我们的不是彼此,而是默默观看了整场闹剧的天下大道。

什么叫辜负?

他未曾做过对不起我的事,而我却杀了他,这就是天底下最大的辜负。

是我辜负了沧弈。

魔界在一夜之间覆灭。

我再见到瑶歌,是在天牢里,在那个曾经关押过我的地方。她被天帝收了术法,整个人弱弱小小地缩成一团。她含混不清地说:"世子马上就会来救我,到时你们都要叫我护法大人,嘿嘿,都得叫我护法大人!"

我缓缓蹲下,小声说:"瑶歌,我来看你了。"

瑶歌见了我,仿佛见了鬼一样,她说:"坏了,你一来世子就不来了,你快走,你快点走。"

"我是素绾,"我说,"你看清楚,我是你的朋友。"

这句话说出口,连我都感觉自己恶心得很。哪有我这样的朋友?杀了她爱的人,毁了她的家,哪有我这样的朋友?

"朋友?"瑶歌的眸子从混沌变得清明,她看了我半天,"哦,这位小友可是会用般若元火?我告诉你呀,这世上唯有两人会用般若元火,一个是雷音殿殿主,一个就是我家世子!"

我鼻头一阵发酸,险些掉下泪来。

"我是素绾。"我又说,"你的世子回不来了,沧弈已经死了,是我杀了他。"

瑶歌听到"死"这个字，突然就安静下来。她"哦"了一声，仿佛一个旁观者一样道："你可真坏，我家世子那么好的人，为什么要杀他啊？"

她说："我家世子不忍心杀你，所以将逆鳞留在你的内丹中，他怎么知道自己会爱上你呢？"

她说："在邺城那日，世子以为我们逃不掉了，他抱着必死的念头，知道桦音不会杀你，又唯恐桦音在九重天上无法保护你，所以就尽力和你撇清关系。"

她说："清明梦是真的，什么都是真的，唯独不爱你是假的。"

她说："谁叫你偏喜欢信假话呢？"她那双眸子越发清澈起来，"小素绾，谁叫你偏喜欢信假话呢？"

我想起去天虞山的时候，沧弈耳后那道狰狞的伤口，现在想来，兴许就是逆鳞剥离时留下的伤疤。

他那么聪明的一个人，自然知道桦音在天界处处受到掣肘，便不惜伤了我，也要与我断得干干净净。

我想起他问过我，倘若那片鳞是他的，我会如何待他。

"为什么他没有告诉我，那片鳞，还有……还有其他的？"我问。

瑶歌兀自笑了，她说："世子曾与我说过，他说你告诉他，就算没有那片鳞，你依旧爱着桦音。"

那时我所谓的爱，还只是恩。

"倘若世子将一切告诉你，你会好受吗？"她又问我。

我后知后觉从未问过，他也不愿戳破一切，殊不知我承受着千年的

恨，终于一朝分崩离析。

"你骗我，一定是你也骗我。"我道，"一定是你觉得我杀了沧弈，所以故意用这样的话让我愧疚。"

瑶歌歪着头看我，良久良久，粲然一笑道："我是讹兽。"

她是唯一一只不会说谎的讹兽。

"我累了。"她说。

说这话时，我分不清她到底是疯还是清醒。

"我真是羡慕你啊，"隔着天牢的屏障，她伸出手摸我的脸，"世子从来没有恨过你，即使你负了他。"

瑶歌缓缓闭上眼，我看着她渐渐变成微尘，变成千千万万的光点，我拼了命想抓住，握到手里却变成零星的萤火。

我的挚爱之人，死了；我的朋友，也死了。

那真是最难过的一天，我从天牢离开，独自坐在洗魂台上发呆。我想起在人间听过那出戏，"唐明皇"是这样唱的：

"淅淅零零，一片凄然心暗惊，遥听隔山隔树，战合风雨，高响低鸣。"

"一点一滴又一声，一点一滴又一声，和愁人血泪交相迸……"

曾是少年不知愁，望山望水空筹谋。

我趁着采星不在，终于有机会回到枢云宫走走。在沧弈曾经写过婚书的那张几案上，我信手翻了翻，忽然从一沓婚书中飞出一张白纸，那上面歪歪扭扭这些"素绾"二字，我一眼认出，这是我第一次持笔，写的自己的名字。

我摸出袖子里的红纸,那是大婚前三日晚上,我缠着沧弈所写的。

我将那张纸垫在下面,选了薄薄的宣纸,用毛笔蘸饱了墨,一笔一笔地描他写过的字。有时一写就是一上午,或者从前一天日暮到第二日清晨。

其间,浮玉来找了我一次,她也没说别的,只是拿来许多沧弈曾经写过的婚书,道:"我没什么可给你的,这些是我在整个红鸾司搜刮回来的,我想你应该需要。"

我道过谢,将一大捧婚书抱在怀里。我真的在天河案边盖了一座小房子,把所有的婚书和回忆都放在那座小房子里。天河朝夕流转,我便有幸目睹了这天界最边缘的旦暮风光。

某次桦音来看我,他与我道:"素绾,你何必自己在天河独守寂寞?"

"我从来不寂寞。"我头也不抬地道,"我会为沧弈看完天河的风景,所以无所谓寂寞与否。"

"我知道你怨我。"桦音道,"可是母亲说了,只有让我诈死,才能在事成之后娶你做仙妃。"

我抬眸淡淡扫了他一眼:"不止这些。"

"那片鳞……"他说,"我都懂,我不该骗你,从始至终都不应该。"

顿了顿,他又道:"但是我与你的情,没有半分掺假。"

"纤月很适合你。"我说。

"我有时候在想,有没有可能,我只是做了场梦?"我兀自笑了笑,"一觉醒来,可能我还在你的离香池中,饿了就吃花瓣,累了就浮在水面睡一觉。"

那我宁愿从未见到这片龙鳞,我宁愿从一开始就不认识沧弈。

有些事情,从一开始就注定了结尾,这是一个报错恩的荒唐故事,可是放眼人世间,又有几个人活得不荒唐呢?

我时常幻想着,我还能再见到沧弈。

这并非笑话,我总觉得他就在我身边,与我息息相关,只不过我看不见他,也摸不着他。

可是我也确定,我现在绝不是在做清明梦。

我成了名副其实的散仙,不受人挟制,不被人管教。我时常去人间走走看看,在秦淮河,在灵隐寺,有男男女女携手同游,看起来无比恩爱。

我在心里羡慕着,索性靠着秦淮河摆了个小摊,专门为这样的男女写婚书。因为懂得术法,也更能看出两人是否真心实意,偶尔有朝秦暮楚的男子上门求婚书,便被我连打带骂地赶走。

沧弈和桦音的事情已经过去许多年了,邺城换了主人,可是坊间街市还是流传着他们的故事。茶楼里,说书人一敲惊堂木,唾沫横飞地就讲起来:"都说英雄难过美人关,百炼钢敌不得绕指柔,诸位可知,这皇帝和叔父之间,还有一段有趣的秘闻哪!"

说书人接着道:"那个让天家反目女子,叫素绾,正是当时安和侯的长女。"

你看,我们经历的日子,终于也变成故事了。

我听着说书人口中的自己。他说,素绾从小与桦音青梅竹马,桦音为了她三年不纳妃不娶妻。他又说,桦音为了巩固皇位将素绾拱手送予叔父，从此叔父沧弈日日沉迷酒色。他讲灵隐寺，讲乘月山庄，讲狐妖，讲最后我们诸位飞渡成仙。

这样的故事，虽然杜撰更多，终究是有几分属实的。我懒得与说书人纠正其中的细节，有时也会疑惑，究竟是谁第一个讲这些戏文一样的传奇。

沧弈说我像长不大的小孩子，如今我终于像大人一样，做自己所想的，可是他却不在了。

诚然，很快我就找到了这些杜撰的源头。那是一个晴朗的早晨，少女把长剑拍在我的小摊上，她说："老板娘，我用这柄剑换一帖婚书。"

那是沧弈的剑。

来者黑衣红唇，鬓角别一朵妖冶的虞美人，阳光照得她周身发亮，美得不像这个俗世的人。

她的确不是一个凡人。

"拂柔？"我问她，"这些日子你去哪儿了？"

"找我哥啊，"她揉揉脖子，好似十分疲倦的样子，"我天上地下找了他那么久，竟然一点他的影子都没有。"

"他已经死了，你如何找得到？"我问。

"非也非也，这世上的奇事多得很，难保就被我撞上了呢？"她冲我笑，把那柄剑往我身边又推了推，"现在终于物归原主，你收着吧。"

"你不恨我吗？"我问她。

"为何要恨？"她反问我。

"我杀了你哥，你居然不恨我？"

拂柔"哦"了一声，她指着天说："大道轮回，自有定数，哪是我们这些棋子能决定的呢？"

她冲我一笑："而且我不用再找我哥了。我想，我已经找到了。"

"他在哪儿？"我问。

"你不必知道，只要记得他还在就好了。"拂柔说，"你啊你啊，其实我爹早就提醒过你，谁让你不听劝呢？"

她道："你在邺城，是不是见过一个算卦的癞子？"

我点点头，道："你怎么知道？"

"那是我爹变的。"拂柔笑眯眯道，"他将死之时透露天机，可惜你太笨了，竟然一句都没听懂。"

记忆拉回数年前的上元佳节，那癞子说什么来着？

——"这第一下，愿姑娘早出囹圄，归乡成仙。"

——"第二下，愿姑娘看破无妄，另觅良人。"

——"这第三下，愿姑娘莫行不可行之事，莫为天理不能为之法。"

如今看来，早出囹圄，归乡成仙，倘若我没有私自渡劫，便不会有邺城那一剑，这是第一个错。

看破无妄，另觅良人，倘若我早早认清自己与沧弈的情，便不会相互怄气，最终落得这样的下场，这是第二个错。

只是最后一句，莫行不可行之事，莫为天理不能为之法，我还未曾参透。

拂柔打了个哈欠，她说："我昨晚在青要山救了两只小兔子，大的起名叫戎祯，小的起名叫银翘，折腾得我一宿都没睡。"

"青要山如何了?"我问。

"干干净净,就像被蝗虫过了一遍似的。"拂柔道,"不说了,我要找个地方睡一觉了,你玩够了就快点回天界吧。"

她说:"人间这地方不适合你。"

走出很远,她突然回过头大声道:"对了,你可曾听到那些说书的讲故事,听得如何,是不是别有一番趣味?"

她又问:"你可知那故事是谁最先讲的?"

看她那副嚣张得意的样子,就是不说我也知道。

她才是真正活得自在。

我记住了她说的那句,她说:"沧弈还在。"

我带着那柄剑回到九重天,日夜盼着与沧弈重逢。这样又过了十年,我什么都没看到。我以为我会这样一直等下去,可是突然有一天,拂柔在天河找到我,她慌张地说:"救命,有人要杀了我。"

来的人是纤月。

我将拂柔藏在身后,横眉冷对道:"纤月仙子来天河做什么?莫不是闲得无聊,想和我一同看风景?"

"我可没那个心思,"纤月不耐烦道,"你身后的女人是魔界余孽,还不快交出来,莫非要等我亲自动手?"

"纤月仙子红口白牙一碰,果然说谁是余孽就是余孽,说谁是好人就是好人。"我冷呵,"千年前如此,千年后依旧如此,你还真是一点长进都没有。"

纤月怜悯地冲我笑了笑，带着挑衅的意味："我再怎么毫无长进，再怎么红口白牙乱说，你不还是信了吗？"

"你什么意思？"我问。

"没什么意思。"纤月好整以暇地摆弄着指甲，"青要山一事，你到现在都只知桦音诈死，可知那天在瑶歌面前杀了桦音的假沧弈，正是由我易容而成。"

她笑："你说我红口白牙难以服人，为何当时还是信了我呢？素绾，我最喜欢看你这副可怜的样子，只要你什么都没有，我就开心得不得了。"

她四下环视天河，嘲笑我："你在天河，是在等沧弈回来？"

她问我："你可知道，我又杀了沧弈一次？"

她说："你可知道，青要山那件事以后，沧弈仍有一缕精魂轮回于三界？我真不知道沧弈看上你什么，竟能为了你化出一丝执念来。"

拂柔小声碎碎念道："怪不得最近，我觉得我哥不见了。"

顿了顿，拂柔又说："上次在秦淮河时，我哥其实就在你身边。我不敢道破天机，想着他能这样陪你就好。"

纤月道："那缕执念陪了你十年，也足够了。而且是桦音亲手杀了他，现在沧弈灰飞烟灭，你再也寻不到了。"

"我看这女人狡诈得很，你小心对付，千万不要上当。"拂柔在我身后小声道，随即趁纤月不备，化作一阵风飘然而去。

就算知道沧弈真的死了，拂柔也没有什么感情，这样抛却七情六欲地活着，我不知道还有什么意义。

纤月意识到追不上拂柔，索性不再去追，她也很喜欢以胜利者的姿态面对我，我听她无不自豪地说："我和桦音就要成亲了，你若是想来，我兴许大发慈悲不会赶你走。"

十年有多久？

原来他又陪了我十年，那种隐隐约约仿佛他还在的感觉，竟然是真的。

"你可知失去心爱的人是什么滋味？"我问她。

纤月趾高气扬道："我不想知道，也没机会知道。"

她说完便走，那模样好像一只斗胜归来的公鸡。

因为桦音和纤月的婚事，天界终于多了几分热闹的气氛。

在那之后，我夺了纤月的仙妃之位，我告诉桦音，我愿意嫁给他。

——"失去仙妃之位只是其一，我会让她失去挚爱之人。"

于是，我将七绝散藏在指甲中，我看着桦音与我拜了天地，我看着桦音喝下那杯混了七绝散的酒，然后他就变成了沧弈。

这又是一场骗局，骗我亲手杀了沧弈，一次又一次。

沧弈说："阿绾，你别哭。"

沧弈说："你要好好活，休要桦音难为你。"

此时我终于参透了那最后一句，莫行不可行之事，莫为天理不能为之法。

我想夺取纤月的仙妃之位，这是不可行之事；我想杀了桦音为沧弈报仇，这是天理不能为之法。每一桩每一件，原来在冥冥之中早已注定。天道如棋盘，早在落子的那一刻开始，这个故事就写好了结局。

沧弈倒在我肩上的时候，我想，从始至终，我都不是一个聪明人。

"情"这个字太复杂，更何况是爱与恨，我想，似乎人人都配拥有爱，至于恨，只有聪明人才恨得起。

这一辈子太长了，长到三千四百年孤寂清苦，这一辈子又太短，短到我还来不及去爱我想爱的人，一切就已经结束了。

我想起很久很久以前，我第一次见沧弈的时候，他站在杜鹃树旁看我，对桦音道："这么肥的鲤鱼，不如让拎出来红烧了吧。"

其实，我们从来没变。

我曾经想过，凡人百年寿命，百年一世，一世爱一人。

那神仙呢？

待万八千年之后，所爱之人魂魄归元，留下的又能爱谁？

我好像看到虞美人开遍四野，这么炽热的红色，终于如火焰一般点燃了不秋殿。

——等这个冬天过去，我们就去种花。

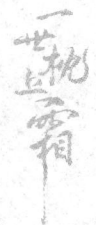

·桦音篇·

一

我曾见过一条苍龙,他周身银白,从终南山飞起,又在天虞山落下。那时我不足百岁,尚且是孩童身量,我的父亲抚摸着我的头,他说:"你看,那就是龙。"

彼时我心智未通,只看见父亲眼中对我的希冀,却没看到藏在那希冀之后的,更大的失望。他长久地叹息,冲着终南山的方向,然后说:"孩子,有些事命中注定,实在是强求不得。"

这注定了,我是一个不被他们喜欢的孩子。

我深知父母讨厌我是一条巴蛇,以至于在天界的这些年,我很少化回原本的模样。只有一次,我忙里偷闲,留得半刻休憩,我安逸地化成巨蟒盘踞在天河尽头,还没等我睡着,便听见少女哭喊着求救的声音。

我瞥了一眼,原来是梼杌追逐着一个黄衫丫头,梼杌张着血盆大口,下一刻便要卷起舌头吞了她。

我不忍见那丫头被它吞下,事态紧急,便以巴蛇的模样挡在那丫头与梼杌之间。梼杌亦不愿恋战,虚晃了几招,随后便离开了天河,逃回天虞山去。

那是我第一次被人窥到本身,乌黑的、丑陋的,还有那些发青的鳞片。天界中人皆以我巴蛇的身份为耻，我眼睁睁看那丫头被吓得瘫坐在地上，她说："我……我叫纤月，你是谁？"

"我是桦音。"我道。又不敢多言，只能慌乱地离开天河，仿佛是在逃离。

我仍旧变回仙君的模样，我喜欢穿白衣，月白、蓝白、戴银冠，那样干净，和我原本的乌黑与丑陋全然不同。我路过红鸾司，听见嫦娥尖锐的嘲笑声，她说："浑身惨白惨白的，哪有这么丑的锦鲤。"

浮玉那时便在红鸾司当差，她见我进来，赶紧拽了拽嫦娥，示意她不要多嘴。

"今天红鸾司好像格外热闹？"我问。

浮玉讪讪笑了："小仙前几日下凡历练，故此带了些小玩意儿回来送给诸位仙家。"

她又道："有些俗世的物件，也有些活的小东西。"

我见嫦娥怀中抱着一只雪白雪白的小兔子，便追问浮玉："可还有什么活物，一并赠我一只吧？"

"好看的都被挑去了。"浮玉指着水中一尾小小的锦鲤，"就剩这一只了，原是小仙随手救下的，觉得有缘，这才带回天界。"

哪有这么丑的锦鲤，我当即笑出声来，它浑身都光秃秃惨白惨白的，只有头顶点了一小块红色。

"就它吧。"我随意一指，那锦鲤便被一团水包裹着，半浮在我手上。

我把它丢在离香池里。听浮玉说，凡间的鱼可能是吃蚯蚓虫子一类的，某日闲暇之余，我跑到凡界抓了不少虫子，等我拿回来再一看，原来这尾鱼仅仅靠吃花瓣便足够果腹。

这样不挑食,倒也不错。我看看那杜鹃花瓣,又看看手里的虫子,实在觉得这凡界的虫子还不如天界的花瓣有助修为。

有了这尾锦鲤陪伴,似乎无趣的日子也逐渐有趣了起来。

然后,我就认识了那条龙,我孩提时见到的,那条浑身洁白映着银色光芒的苍龙。那是我奉父亲之命去引渡一位仙家,我看到那条龙穿着玄色衣衫,他道:"你便是桦音仙君?久仰久仰,在下名叫沧弈,以后还请仙君多多照拂。"

明明他更适合穿这身白衣,我想,这是一个我敬仰着,却命中注定攀不到的高峰。

"沧弈仙君是真龙化就?"我笑着道,"九重天上唯一一条龙,实在是令人羡慕。"

他当然听不出我这般嫉妒,彼时我们都没有想到,原来我与他的纠葛,就从这一面之缘开始。

"天界孤寂清寒,如果沧弈仙君住不惯,大可来飞霄宫找我。"我客套道。

如果我能预见这之后的事情,恐怕我万死都不会说出这句话。

二

那是我渡劫的前一天,沧弈来到飞霄宫,我们俩博弈三局,每一局都以我惨败收场。

"桦音,你可知你为何赢不了我?"他问道。

我摇头:"不知。"

"因为你性格软弱,筹谋得过于烦琐,我还没进入你的圈套便将你反杀。"沧弈说。

他是个极聪明的人,一眼就能看透我的这些心思,也注定了我们俩这样周旋。

沧弈说得没错,我的确性格软弱,否则也不会对天帝与王母俯首帖耳、言听计从。我羡慕他,羡慕他是一条苍龙,羡慕他这样潇洒快活,我总是以一种仰视的模样看待沧弈。

在邺城的日子,我依旧过得唯唯诺诺。我不是桦音仙君,我成了一个不被母亲喜爱的太子。

历史总是惊人地相似。

但是,我遇见了一个女孩。

那年上元佳节,我在茶楼设局,帷幕拉开时,我看到少女奔我而来,她笑着说:"恩公,我又见到你了。"

我不记得天界的事,却觉得这个少女似曾相识。她好像也很愿意与我在一起,我便默默地一并接受了她对我的好。

她叫我恩公的时候,她说要嫁给我的时候,我问过她,什么是爱。

我明知道她说错了,却没想着教她改正,那时我已经陷入一种恐慌:倘若有一天,她分得清这几种情,是不是就不会再爱我?

那是一个下雨的晚上,玄清宫烛火如豆,我那个在人间的父亲,他握着我的手,老泪纵横道:"音儿,我并非不爱你的母亲,我只是,没有能力保护她。"

身为君王最大的痛苦,是面对着自己需要保护的东西,却没有那个能力和资格。

我想到那个少女。

所以我加倍对她好，没过多久我就成了皇帝，我告诉她："你放心，我能保护你。"

她点头，然后冲我微笑。午后的阳光穿透斑驳的树影，尽数照在她眼中，我甚至以为那就是永恒。

可是，天道从不会对我施以怜悯。

沧弈出现的时候，我知道，一切都完了。他在朝堂上藐视我的权威，这次终于将心思放在她身上。

中秋当日，我眼睁睁看着他将大氅披在少女身上，我躲在重重叠叠的红栏杆之后，我听见少女拒绝他的声音，清晰又干脆。

可是，她还是走了。

我在东华门的城楼上站了许久，是沧弈的强势将她掳走的吗？其实不然，我清楚地知道，是因为我自己的软弱。

可是我不敢承认，我只是想，终有一日杀了沧弈，她就会回来。

当我决定娶纤月的那天，我便想起天界的一切。我了然，原来我渡的劫便是情劫，情归何处，自是在素缩身上。同时我也知道一个让我惊愕的消息，原来我一直仰视着的沧弈，便是当今魔界世子，即将即位的下一任魔界界主。

从决定放弃素缩的那一刻起，我就重新变回了仙。大婚前一日她来找我，我有那么多的故事说给她听，我想给她讲飞霄宫，讲离香池，可是她看到了我袖中的银镖，然后脸色苍白地质问我："是你？"

我无法回答，这一桩桩一件件，都是我做过的。

所以她不顾一切地站在沧弈面前，这是我意料之中的情况，我没想到的是，沧弈会突然刺伤她。

一个是我仰视的人，一个是心爱的人，这天道从来不会有半分怜悯我。

三

沧弈说得对，从始至终，我都一样软弱。

我眼睁睁看着母亲判素绾净火之刑，却不能为她辩解、争论，或者说是不敢。我看到她的眸子毫无光彩，空空荡荡的，好像一个没了魂魄的游魂。

那是我的光，如今却暗淡了。

如果不能为你消减这份痛，那我愿意与你一起承受。

我曾为她捏造了一个清明梦，我窥探着，试图能在梦中看她快乐，试图能让她在梦中对我有一星半点的喜欢。可是事实又证明，她不计回报地奔向沧弈，从来没有回头看过我一眼。

"你明明知道清明梦，为何醒不来？"我带着仇恨的心思，毁坏她在梦中种下的花草，"为何不愿醒？"

这样的结果就是，她不快乐，我也不快乐。

她仍旧叫我恩公，这两个字越是含着深情，我就越是心慌，我恐惧于鳞片的谎言被拆穿，我偷偷看过她的内丹，那里面分明是一片龙鳞，青绿色的，那是沧弈的逆鳞。

我第一次产生了杀死沧弈的念头。

这些不断发酵的矛盾，终于在玉清真人讲道的那天爆发。

她再一次被沧弈带走，在我面前，我的母亲第一次向我展露她少有的温柔，她说："孩子，有一个办法，杀了沧弈。"

她说:"事成之后,我会允许你娶那个仙娥。"

我不愿去,我实在不忍心再欺骗素绾。

"难道你不想知道,素绾到底爱不爱你吗?"她笑了,"孩子,这是绝妙的机会。"

在瑶歌面前,纤月化成沧弈的样子,用偷来的剑刺穿我胸膛。我看到素绾为我流泪,她说:"瑶歌,你若能救恩公,你要什么我都能给你,要我的命也行。"

我明知道那不是爱,却自欺欺人,沉浸于她给我的好。

事情就像母亲想的那么顺理成章,素绾杀了沧弈,天界灭了魔界,从此干干净净,万世升平。

可是我的光,再也不会将明亮投在我身上。我已经为这场欺骗付出了最大的代价,我永远地失去了她。

沧弈并没有死,他的残魂化作一丝执念,栖身于一缕长发中,任凭父亲用尽办法,都无法彻底杀死他。

玉清真人说,这是执念,爱得太深,所以疯魔。

解铃还须系铃人,他因为所爱之人不死,便让他死在所爱之人手中。

我扪心自问,自己是否能如沧弈一样爱她,所以在纤月提出欺骗素绾,假借素绾之手杀了沧弈时,我果断地拒绝了她。

我说:"我已经错了一次,不能再有第二回。"

但是我没想到,我也成了被算计的人。

"你去选择你喜欢的人吧,"母亲说,"倘若素绾答应,本尊会允许你们成婚。"

我抱着试一试的态度找到素绾,没想到她终于答应了我,她的眸子里虽然没有喜悦，但是我相信，以后的日子还长远，我可以让她变回那束光，干净清澈，无忧无虑。

可是成婚当日，我却被母亲锁在飞霄宫，我无法脱离她的禁制，恍然醒悟，原来自己也成了这场局中的一颗棋子。

我突然就懂了素绾的苦，原来被骗是这样的滋味。

我是眼睁睁看着她死在我面前的，长剑穿透她纤细的腰，连一点声音都没有。我想告诉她，我没有骗她，这次我是真心实意的要与她长相厮守，我没有骗她。

可是没可能了，她变成一束光消失，像来时一样的突然，她就这样走了。

从此天与地，再无我所爱的人。

四

如天帝所愿，我娶了纤月，成亲当日我并未回到飞霄宫，我说："你一直想当我的仙妃，现下如愿以偿，应该开心了吧？"

我说："整个飞霄宫都是你的。"我脱下那身喜服，"纤月，你就好好享受着仙妃的荣耀吧。"

自那以后，我又孤寂地活了几千年，饮酒，发疯，或是沉睡。

浮玉突然找到我，她劝我："仙君，其实姻缘簿上写着，您与素绾仍有一面之缘。"

"是何时？"我问她，"什么时候，多少年之后，本座可以等。"

"缘分不知何时来，也不知何时去。"她说，"您总不希望最后一面，她看到这样的仙君吧？"

不,我要和她解释,我要与她解释清楚,我没有骗她。

为了遇见她,我在人间走了许多路,蓬莱仙岛,长白雪山,我幻想着与她重逢,这就像一个美好的梦。

梦终于醒了,在天帝的寿宴上,诸仙齐聚,我偷偷去了红鸾司,我实在是等不及了,我想知道,到底何时才能见到她。

我翻开姻缘簿,见那红纸上唯有四字而已:

此生缘尽。

我自此离开天界,再没有回来。

五

又过了万年,魔界异军突起,一个叫戎祯的孩子血洗天庭,成了新的天帝,统领着三界新的秩序。

然而,这些与我都无关了。我独守着天虞山,种了许多虞美人,就如素绾梦中的一样美。

神仙的万年寿命,终于也到了尽头,我听凡人说,将死之时,人会看到自己最想看到的东西。

那日天虞山下了雪,我和往常一样侍弄着虞美人,隐隐约约,我听见素绾在叫我,她说:"恩公,我回来了。"

我抬起头,但见花海中一个熟悉的身影,她朝我伸出手,一如万年前那样干净清澈,仿佛一束光似的,亮得刺眼。

我说:"回来就好。"

回来就好。

·纤月篇·

一

每个故事里都有一个恶人，在素绾的故事里，我毋庸置疑是那个角色。

我是一个坏人。

在以后的日子里，我常常会想起那个叫翠岭山的地方。那个小小的山谷，有清风，有溪水，有高大的乔木，我曾见过风吹动河堤的芦苇，芦花飘飘扬扬落在我头上，像夏日的雪。我喜欢春天时淡黄色的雏菊，它渺小的、细碎的，但是开得骄傲自豪，仿佛向每一个欣赏它的人展示着来自太阳的光彩。

我与我娘住在这里，日子安逸且快活。在我的记忆里，我娘绝不像其他的农妇那样聒噪无知，她永远穿着素净的绣花衣裳，戴一只碧绿的玉镯，盛夏天，她为我摇着扇子，讲那些我从未听说过的、来自书上的奇闻轶事。

听村人说，我爹曾经是富甲一方的大商人，因为得罪了恶人被人所杀，我娘为了躲避仇人追杀，就与我久居在翠岭山这处桃源仙境。

对我来说，"爹"这个字眼是模糊的。

那年，我十五岁。

翠岭山富饶祥和，人人都善良淳朴，我以为我会长久地居住在这里，

嫁一个平凡的人,相夫教子,了此一生。

直到那场饥荒爆发之前,我都是这样认为的。

事情最先有了征兆的时候,是春雨的延迟,乃至消失,随后夏天很快到来,土地被晒得龟裂,仿佛一道道触目惊心的伤口。

我眼睁睁看着人们饿死。我知道,人不是一下就会饿死的,我们杀了种地的耕牛,杀了为村庄看门的黄狗。那年秋天,翠岭山连田鼠都没有,干干净净,什么都吃光了。

他们把目光放在人的身上。

那段时间,有人接二连三地消失,村中常常飘出骨头汤的香味儿。我回家问我娘,我说:"娘,他们在哪儿弄来的吃的?"

"嘘!"我娘伸手捂住我的嘴,"千万别乱提,就当什么也不知道,知道吗?"

析骨而炊,易子而食,我曾经听我娘讲过的故事,如今就在我身边发生。

渐渐地,几个平时找我玩的小伙伴也不见了,他们的父母哭喊着寻找自己的孩子,却没顾得上擦干嘴角的油光。

我害怕极了,我说:"娘,咱们怎么办?"

我娘就挎着竹篮,走到好几个山头以外挖野菜、剥树皮。在那里,我看到一座王母庙,我娘虔诚地下跪,叩头,然后祈祷。她说:"求求王母吧,她不会看着我们饿死的。"

我至今不知道,神是否真的能听到人的祈祷。可是我不敢放弃这最后一点希望。我学着我娘的样子,小声说:"王母娘娘,倘若您真的听得到我祈祷,就让我做一个神仙,永远离开这里吧。"

那天，我们没有回得去家。

我们回到翠岭山，还没进门，就看到族长带着一群壮汉守在我家门前。他们高举着火把，振振有词道："一定是山神对我们发怒了，族长已经收到山神托梦，山神要你的女儿做祭品。"

"呸！"我第一次见我娘那么失态，她疯狂地推开那群男人，大声叱骂，"放狗屁的山神托梦，你们把自己的孩子吃了，现在把主意打在我女儿身上了，都给我滚远远的，放狗屁的山神……"

慌乱中，一个男人抓住我的胳膊，他高声喊道："抓到了，我抓到了，快点把她抬走，去拿给山神做祭品！"

火光映在那群人眼中，他们流着口水，癫狂地抓住我，高声欢呼尖叫，那种眼神，就像是一群狼围住了一只羊。

我挣脱不得，只能拼命咬着那个男人的手。我看见我娘拿起一把柴刀，她说："纤月，你快跑，快跑得远远的，千万别回来！"

趁着那男人松手，我转身就跑，我听见身后嘈杂的打斗声，还有男人大声叱骂的叫嚣声，跑出很远很远，我忽然听到我娘的惨叫声，在空旷的山谷里，那么清晰，让我忘也忘不了。

血飞溅在半空中，我娘重重跌在地上，而我连头都不敢回。

那天晚上，我站在高高的山头上，看着家的方向燃起熊熊大火，火光点亮了整个翠岭山。

我告诉自己，人就是如此，如此卑劣，如此贪婪。

二

我不知道我走了多远的路，只知道自己渴得嘴唇干裂，饿得头昏眼

花,在一个叫天虞山的地方,我遇上了梼杌。它从山谷中冲出来,朝我嘶吼。

我一刻也不敢停下,拼了命地跑。我在心里乞求王母,希望她福泽人间,求求她救我出苦海。

奇迹发生了,我感觉自己的身体越来越轻,轻得好像一片羽毛,许久我才反应过来,原来我已经飞到了天上。

我在天上乱飞,梼杌一刻不离地跟在我身后,终于,在一道浅浅的河湾处,我疲惫地落下。我大喊:"救命,谁能救救我,救命!"

梼杌越来越近,越来越近,它长着血盆大口朝我扑来的刹那,一条更为巨大的蟒蛇出现了。

我永远都忘不了那个场景,那条蛇高大、勇敢,他的每一片鳞片都在发光,如同墨蓝色的宝石。它击退了梼杌,变成一个白衣飘飘的男子,而我只定定地看着他,半天说不出一句话来。

我想说"你的鳞片真漂亮",可是话到嘴边却成了:"我叫纤月,你是谁?"

"我是桦音。"他说完便走,走得飞快,没有半点流连。

只那一眼,我就注定一辈子跟着他,不管他需要我与否。

我爱他。

我昏迷了三天三夜,再醒来时就见到王母,她笑得温温柔柔,就如同我娘一般。她说:"是你在下界和本尊祈祷,对吗?"

我说:"您是……王母?"

她点点头。

"对不起,本尊无法体察凡情,是本尊的错。"她说,"我已经命雷公电母前去翠岭山布雨，那里很快就会变回以前的人间仙境。"

她道："你既然来到九重天上，不如留下做神仙吧？"

我看见她腕上碧绿的玉镯，又听她道："可怜天下父母心，这是你娘向本尊所求的心愿。"

我成了一个神仙，因为来自凡间，我能说出更多逗王母发笑的俏皮话，也比其他的仙娥更容易讨王母的欢心，她索性把我留在身边，我一跃成为天界最得宠、最得势的仙娥。

但我知道，还有最重要的一件事，我还没有办。

我回到翠岭山，找到族长，我说："您还认得我是谁吗？"

他已经很老了，我记得那年他还是那群打着火把的汉子中的一个，他佝偻着背，瞪着眼睛看了我许久，脸色立刻变作铁青，他吓得嘴唇直抽："你是，你是……不对，你怎么可能一点都不老，你是鬼！"

"我不是鬼，我是神仙。"我说，"但我不是一个好神仙。"

我问他："你可知我今天是回来做什么的？"

族长"扑通"一声跪在我面前，说："当年的事，是我怂恿村庄的人，都是我的错，我们好不容易活下来，求求您放了我们吧。"

"放了你们？"我冷冷地笑，"当年你们怎么没想过放了我和我娘呢？连妇孺都下得去手，这是人能干出来的事吗？"

我抬起手腕，一捻火光在手心点燃。

"好好看看你的孙儿吧，幸好你的妻子死去多年了，不然火烧着多疼啊。"我说，"明天这里就是一片废墟了，你现在看还来得及。"

我设了一道结界，没有人能出得去这个小村庄。

火光在翠岭山点燃，肆虐的火舌吞噬了一切。我在火光中挥舞着广

袖，我说："娘，你看到了吗，我让这群人付出代价了，你看到了吗？"

男人拿着板凳锄头敲打着结界，他们绝望地吼叫着，咒骂着我。

我一边笑，一边流泪。人都是自私且贪婪的，如果不为了自己谋划，那我还能剩下什么呢？

三

后来我才知道，原来桦音是天帝之子，因为真身是一条巴蛇而不被人喜欢。

但我不这样想，有好几次，我都想告诉他，你的鳞片很漂亮，我很喜欢。

可是他似乎不喜欢看到我，他躲着我、避着我。越是这样，我就越想得到他。

我知道，我成了九重天的笑话，但我不在乎。无论天界还是人间，他们都是这样的，背地里嘲笑你，明面上还是要敬你三分。

但是，我的权威在素绾面前受到了挑战。

这一千多年来，她是唯一一个视我如无物的人。没有请安，没有行礼，甚至连一句问好都没有。

况且，她太美了，美到让我嫉妒，美到只要我想着她在桦音身边，我就要气得发疯。

好在桦音前去渡劫了。我将她抓进天牢，送进净火中。但我没想到，一向与我毫无交集的沧弈仙君竟然会亲自去救她出来，沧弈甚至为了她，在王母面前重伤我。

我知道素绾要去寻找桦音，于是我也在王母面前求了个赏，我说我爱桦音，希望变成凡人陪他一世。

这是一个错误的选择，很久以后我才明白，即使来到人间，桦音眼里依旧只有她。

邺城下着大雪的那天，沧弈捅了素绾一剑，我心里从未如此得意，我恨不得她死掉，死在我面前，死在桦音面前。

我尽力护着桦音周全，瑶歌的羽箭穿透我的肩膀，桦音视若无睹，他只想着素绾，甚至连一星半点的怜悯都没有分给我。

那天我故意失手，放走了瑶歌和沧弈，这是对桦音忽略我的惩罚。

我知道，回到天界，素绾会受到更重的惩罚。

王母罚素绾净火之刑，这并不出乎我的意料，我没想到的是，桦音竟然主动与她一同受罚。我在天帝面前跪了三个昼夜，桦音毕竟是他的骨肉，他终于心软了。

"我是为了桦音，不是为了你，我巴不得你快点死掉。"我对素绾如是说。

她什么都有，有那么漂亮的一张脸，有桦音处处保护她，有沧弈死心塌地地爱她，为何我什么都没有？我守着无尽的荣光，背后却只剩一个空壳。

哪怕桦音有一点爱我，只有那么一点，我也不至于像今日这般疯狂。

我告诉王母："我有办法杀了沧弈。"

这个主意叫借刀杀人。

四

素绾果然中计，她杀了沧弈。

天兵长驱直入魔界,王母重重奖赏了我,她说:"桦音若是能娶一个你这样的仙妃,那是他的福分。"

其实我一直不懂,明明桦音知道素绾不爱他,为何还这样不顾一切地倾其所有。

我以为事情就这样结束了,可是王母告诉我,沧弈仍有一缕残魂不死,天帝的意思是,留着始终是个祸害。

"交给我来办吧,"我说,"我愿意为您排忧解难。"

我早看得通透,王母才是我最大的靠山。

我去求了玉清真人,他说:"并非沧弈有不死之身,他只是不愿死。"

顿了顿,他又道:"解铃还须系铃人。"

"也就是说,只有素绾才能杀得了他?"我问。

玉清真人笑而不言,他变出一面镜子交给我。他缓缓地说:"你是我见过最聪明的女子。"

于是,我就那样做了。

素绾死了,沧弈死了,我为天帝和王母除去了心头大患,也为自己除去了最大的情敌。王母这次给我的奖赏,是风风光光地嫁给桦音,做他的仙妃。

从始至终,桦音连看都没看我,他说:"你如愿成了仙妃,现在,整个飞霄宫都是你的了。"

"桦音!"我猛地站起身,我拉着他的衣角,"你就不能停下来,看我一眼吗?"

我说:"我一直想告诉你,你的鳞片很漂亮,你什么样子都很好,我都喜欢。"

他停住步子，有那么一瞬间，我甚至觉得他会回过头，会与我重修旧好。

可是，他没有。良久良久，他终于说："你已经不是我在天河救下的那个少女了。"

我终于意识到，我做得最错的一笔，就是杀了素绾。

谁能比得上一个活在他心里的死人呢？

谁也不能。

五

我将玉清真人送我的镜子拿出来，我第一次看了镜中的自己，我发现我的眼珠是红色的，就像盖了一层薄薄的血水。

我很聪明，终于用我的聪明得到了一切，也失去了一切。

真正的纤月已经死了，在放火烧了翠岭山的那个夜晚，她就已经死了。活下的这个空壳，只剩下复仇与贪婪。

在那以后，我常常能梦到素绾，她瞪着眼睛，浑身都是血，她质问我："你为何不能放了我，你为何一步都不肯放了我？"

我从梦中惊醒，醒时一身冷汗。

那段日子，我也能梦到翠岭山，梦到黄色的雏菊花骄傲地朝着太阳开放，我梦到溪水流淌在山涧之中，那年我还是十五岁的模样，我站在被风吹乱的芦苇荡中，黄色的衣衫随风飘舞，我看到那个穿着月白色衣裳的神仙朝我走来，他说：

"你看这芦苇花，像不像夏日的雪？"

·瑶歌篇·

一

从始至终,我就像一个看客一样。

我应该是这天底下最矛盾的女人吧,我那么爱慕世子,却心甘情愿地把他推到素绾怀里,我可以什么也不求,只是默默地站在他身边就很开心。

其实,从他第一次带着素绾回鹿城的时候,我就看得出,他爱她。

我问他:"世子为何不把逆鳞拿回来,或者和她承认这片鳞是你的?"

"我愿是想着,把这片鳞推给桦音,等到取回逆鳞的时候,心里或许能少一分谴责。"他说,"可是后来我发现,我似乎比想象中更喜欢这个丫头。况且她说过,就算没有这片鳞,她喜欢的依旧是桦音。"

我叹了口气,再不多问一句。

那天世子出手伤了她,我们逃回魔界,我看世子呆呆望着雪飘来的方向,他说:"或许我做错了。"

"总有一天她会懂。"我拍了拍他的肩膀,用男人的动作诠释着我对他的情谊。

我宁愿他永远发现不了我对他的喜欢。

"倘若你觉得解释不清,可以让我去与她讲。"我说,"我和她是很好的朋友，她一定会信我。"

"不必了。"世子摇头，"她永远不懂，也好。"

他说："我倒希望她爱得单纯，恨得也单纯。她叫了桦音那么久的恩公，如果连桦音也是骗她的，那她得多伤心啊。"

我替世子不值，但是我什么都没有说。我精通掐算天机命数，这个结尾是注定的。

但我一直不相信天道的残忍，我以为，素绾至少不会杀了他。

初九那天下了大雪，我明明看出素绾眼中的杀机，却没有阻拦。我以为世子可以招架得了她，我以为，他们可以说通一切，可以破镜重圆。

不秋殿的大门倏然打开，我只见素绾一人。

这个最不好的结果，我已经猜到了。

你知道那时我在想什么吗？我想，这世上怎么有这么傻的女人，为何别人说什么她信什么，却唯独不愿意相信沧弈，相信这世上唯一一个全心全意对她的人？

桦音没有死，谁都没有死，死的只有沧弈。

我们都被骗了。

二

其实我曾不止一次地提醒过沧弈，不仅因为我算出了一切，更重要的是，素绾连看他的眼神都和以前不同了，他怎么会瞧不出来呢？

他只是自欺欺人。

在人间的时候，素绾来到并南王府，她用信鸽给桦音传信，其实他全都看到了。他气的不是素绾背叛他，而是因为素绾的背叛，害死了栾令。

我也不止一次地对世子说:"你实在是一个矛盾的人。"

"这就是下场。"世子说。

我记得我们初见那日,他拎着我的耳朵,说:"这么肥的兔子,是主动来给我加餐吗?"

"不是不是,我心悦于你,所以千里迢迢赶来嫁给你。"我说。

"你这讹兽,为了活命就满口胡诌。"他把我放回地上,指着我道,"以后不许再扯谎了,听到了没?"

他又想了想,说:"我还缺一个护法,要不你就留下给我做护法吧?你放心,以后有我,你再也不用靠扯谎活命了。"他揉揉我的头。他的手掌很暖,很温柔。

那天在鹿城,穿过纷乱的人群,我看到他的目光停在素绾身上,满心满眼,都是笑意。那么好看的一双眸子,笑得像是月牙一样,弯弯的,可爱极了。

我什么都看得出。

既然世子这么喜欢你,那我也勉为其难地喜欢你一下吧,我想。

三

我甚至不敢相信沧弈已经死了,总幻想着他还活着,还能出现在我面前。

他用一缕残魂支撑着,陪在素绾身边,他看得到素绾的喜怒哀乐,素绾在茶楼听书,说书人讲的那些,他都听得到。

我仿佛能看见他在笑,他看着素绾,眼睛笑得弯弯的,像月牙儿。

其实我挺后悔的,有一句话,竟然至死也没告诉他。

时间倒流回万年之前,他揪起我的耳朵,对我道:"这么肥的兔子,是主动来给我加餐吗?"

"我心悦于你,所以千里迢迢赶来嫁给你。"我说。

我想说。

世子啊,这不是一句谎话。

世子啊,从始至终,我都不是一只会扯谎的讹兽。

·沧弈篇·

一

我一度认为,能控制自己的情感,是一件非常值得骄傲的事情。

记得很小的时候,母亲将一朵芙蓉花和一朵虞美人放在一起,午后的阳光暖和且缠绵,穿透母亲袖口薄而轻盈的衣摆,她温温柔柔地对着我笑,问道:"弈儿,你更喜欢哪一个?"

虞美人鲜红活泼,我一眼就看中了它,可是踟蹰许久,我最终选了那朵颜色寡淡雅致的芙蓉。

——倘若别人知道我想要,故意与我抢,这可怎么办?

母亲"嗯"了一声,然后极其轻蔑地将虞美人丢在地上。她把芙蓉花交给我,说:"弈儿,给你。"

我看着侍女上前,鞋底重重踩过虞美人的花瓣,它的汁液凝在地上,

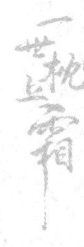

仿佛半干未干的血，空洞地向我展示着它的无奈。

至于我的母亲，她最终也不知道，我想要的是那朵虞美人。

我很后悔，倘若最开始就拿自己想要的该多好？自那以后，我养成了这样一副脾气：喜欢就是喜欢，讨厌就是讨厌，只要是我沧弈认准的，任凭谁来都抢不走。

说我活得潇洒也罢，说我活得肆意也好，沧弈就是沧弈，别人永远都左右不得。

我捡了一只兔子，身上有漂亮的花纹，她瞪着圆溜溜的大眼睛对我说："我心悦于你，所以千里迢迢赶来嫁给你。"

一眼看中时不喜欢，日后也不会再动心。可是看这兔子孤零零可怜得很，我不好直言拒绝，只能敷衍下来，将她留在我身边。

她其实是一只讹兽，她叫瑶歌。

日子缓慢地过，无趣且漫长，终于过到连我也觉得乏味。我对瑶歌说："既然当够了妖怪，不如去做几天神仙吧？"

然后我就这么做了，从魔界世子到沧弈仙君，不过一念之差罢了。

天界虽然孤单清冷，好在我这样闲不住的脾气，也能给自己找些乐子。我常常想着，如果那天我没有突发奇想去找桦音下棋，是不是就不会发生接下来的故事？

我与桦音欢饮达旦，想来逆鳞就是那个时候落入离香池中。

二

这世间没有永恒不变的情谊，有的只是一个又一个怦然心动。

譬如我初次见到素绾，正是如此。

我甚至觉得可笑：这小仙拿了我的逆鳞，却一口一口甜甜蜜蜜地叫别人恩公，莫非是真不怕我杀鸡取卵，当场把逆鳞拿回来？

这么蠢的小仙，杀了她，是不是会污了自己的手？

平心而论，我实在难以把她和离香池中那尾丑陋的小锦鲤联系在一起，她叫我沧弈仙君时语气恭恭敬敬，眼神里都是不服，这让我觉得有趣。

这是第一次怦然心动。

她被纤月带走，那是第二次；鹿城一行，第三次；天河之旅，第四次……

我越发觉得，她仿佛是我年少时错过的那朵虞美人，以至于我渡劫期间，所有的情谊，所有的爱慕，每一样都是真的。

直到"杀"了她之前，我做的每一件事，出自我心，尽是我愿。

我明白，从来就没有所谓善意的欺骗，欺骗就是欺骗，肮脏且丑陋。我的剑刺穿她的胸口，其实我很怕看到她的眼睛，很怕她问我为什么。

我这时才发现，能控制自己的情感，的确是一件非常值得骄傲的事情。所以我要演戏，我要瞒，瞒过整个天界，瞒过天地大道。

——"你要是不死心，我可以发誓给你听。"

——"我沧弈，若对素绾半分动情，此生便命丧爱人之手，永不入轮回。"

九死一生，我与瑶歌逃回魔界，我在鹿城化作老妪，看到她那般憔悴的模样，我说："姑娘，你这是何苦，你看看自己，都成什么样子了？"

那一瞬间我竟然有病态的喜悦，原来她也爱我，原来在我身上也会有两情相悦，这很好。

我一路默默跟随，看着她跌跌撞撞向青要山而去。不秋殿外，她的

影子斜斜穿过殿门,我和拂柔都看得分明,唯独她自己全然不觉。

"原来下雪了。"我伸出手,道。

只有伸出手的时候,我与她才能有半刻光影相接。

这个冬天太过寒冷,终于连不秋殿也有了寒意。

我对不起我爱的人,也对不起爱我的人。

三

我曾经发誓,我会死在心爱之人的手上。所以般若元火打穿我心口的时候,我没有半分的诧异。

死亡来临时,我确信我看到了佛祖。他高于仙魔,高于众生,他坐在莲花中居高临下地望着我,周身是金色的光芒。我说:"我不想死。"

佛阁目不语,只是长久地叹息。

"下一世,你会做一个仙,有至高无上的权力。"佛祖说,"人们将众仙之主称为'帝'。"

我说:"可是我不想死。你可怜我,所以给我下一世,却没问我是否愿意接受。"

"便是做天帝也不喜欢?"佛祖问我。

"做天帝会忘了素绾吗?"我问。

"素绾是谁?"佛祖又问我。

"是我妻子。"我答。

佛祖摇头:"抛不掉七情六欲,你渡不过这个劫了。"

"那就不渡了。"我说,"我不想死,我要陪着她。"

"即使她再次杀了你?"

"即使她再次杀了我。"

"即使这次魂魄归元，再无轮回？"

"即使这次魂魄归元，再无轮回。"

佛祖拈花成咒，顷刻间混沌消散。等我再醒来，却发现自己已经站在秦淮河边，我看到她在为别人写婚书，微风吹过时，她鬓角的碎发便随风摇摆。我想上前去逗她开心，这才发现自己的手穿透她的脸颊，终于无法触碰分毫。

这样也好，只要看着她就好，可是这样的日子还能过多久呢？我在心中问佛祖。

佛祖未曾回答我。

我与她在茶楼听说书人讲我们的故事，她很少发笑，倒是我乐得前仰后合，好像一个孩子。

她看着天河旦暮美景，而我看着她就够了，她的风景在面前，我的风景也在面前。

如是十年。

"界主不想死，那么素绾就要死。"十年后的某日，纤月对我道，"天界杀人的办法太多了，多到我数不过来。"

"我知道。"我道，"我想要一个好日子，倘若我能与她成婚，喜服要鳞纹的，装饰不必太多。"

"果然和明白人更好说话。"纤月笑了，"一切都依界主的意思操办。"

我借了天帝一息术法，化作桦音的模样。那日天庭绚丽非常，我看着她朝我走来，穿着红色的喜服，美得像虞美人，大红的，活泼的，又

是妖冶的。她表情清清冷冷，见到我时忽而露出一丝笑意，顷刻间又消失不见。

本以为我会很激动，我会叫她的名字，会和她闲话许多，可是真到了这一刻，我发现我无比平静。

这世间哪有长久不变的爱情，只是怦然心动罢了，一瞬连着一瞬，譬如现在罢了。

四

最后的最后，我想，这也许是一个悲剧。

无论是人，还是魔，抑或是仙，他们总希望通过控制自己的感情以证明自己的强大，以至于悲剧的开头，大多是我以为，我觉得，我能。

连不爱都能隐瞒得天衣无缝，为什么偏偏不敢承认自己的爱呢？

我见过这世上最漫长的冬天，大雪皑皑，与卿白头。

我期待这世上最遥远的春天，执子之手，种花去，戴花来。

本书由我见青山委托长沙大鱼文化传媒有限公司正式授权广东旅游出版社，在中国大陆地区独家出版中文简体版本。未经书面同意，本书的任何部分不得以图表、电子、影印、缩拍、录音和其他手段进行复制和转载，违者必究。